KB276009

재물 이야기,

쌓아 놓고 베풀지 않으면 무슨 소용인가

104

재물 이야기,

쌓아 놓고 베풀지 않으면 무슨 소용인가

전국국어교사모임 기획 · 진재교 글 · 정은희 그림

Humanist

'국어시간에 고전읽기' 시리즈를 펴내며

고전을 읽어야 한다는 가르침은 어릴 때부터 귀가 따가울 만큼 들었다. 그러나 몸소 이를 따르는 사람은 흔치 않다. 종종 고전을 가까이하는 사람들이 있는데 이들은 대체로 삶을 헛되이 보내지 않고 훌륭한 일을 이루어 세상에 뚜렷한 이름을 남겼다. 고전 안에 그만큼 값진 속살이 들어 있기 때문이다.

고전이 이처럼 깊은 가치를 지녔는데 어째서 고전을 읽는 사람은 흔치 않을까? 아마도 고전이 사람을 쉽게 끌어당겨 주지 않기 때문일 것이다. 고전은 우리에게 섣불리 손짓을 하지도, 눈웃음을 치지도 않는다. 고전은 끈기를 가지고 파고들어 오는 사람에게만 마지못한 듯이 웃음을 지으며 속내를 털어놓는다. 고전은 요즘보다 훨씬 무뚝뚝하던 옛날에 이루어진 삶이며 글이기 때문이다. 그래서 우리는 청소년들이 고전을 즐겨 읽을 수 있도록 마음을 다했다. 뻣뻣하고 까칠한 고전을 달래서, 부드럽고 친절하게 청소년을 끌어당기도록 손을 쓰고 공을 들였다. 멋없이 무뚝뚝하던 고전을 정성껏 매만져서 두 팔을 활짝 벌리고 청소년들을 끌어안을 수 있도록 탈바꿈했다.

고전은 이제 온전히 겉모습을 바꾸어 청소년들을 맞이할 것이다. 자칫 속살까지 탈바꿈한 것처럼 보일지 몰라도 책을 읽다 보면 예스러운 고전의 맛과 멋을 한껏 느낄 수 있을 것이다. 우리는 무엇보다도 고전이 고전다운 속내와 뼈대를 온전하게 지니도록 하는 데 힘을 쏟았다.

고전은 시공간을 뛰어넘고, 나라와 겨레를 뛰어넘어 세상 모든 사람에게 큰 울림을 준다. 《시경》, 《탈무드》, 《오디세이아》, 셰익스피어와 괴테의 작품이 세상 모든 이에게 가르침을 주듯이, 우리의 고전도 모든 이에게 값진 가르침을 줄 것이다. 가르침이 서로 다르기는 하지만 높낮이가 있는 것은 아니다. 그러 므로 세상 고전을 두루 읽어야 하는 것이나, 우리는 우리네 고전부터 읽는 것 이 마땅한 차례다.

이런 뜻으로 전국국어교사모임에서 '국어시간에 고전읽기' 시리즈를 펴낸 지 십 년이 되었다. 누구나 두루 즐기며 읽을 수 있도록 쉽게 풀어 쓰고 맛깔나고 재미있는 작품으로 재창조하려고 무던히도 애썼다. 다행히도 많은 독자로부터 분에 넘치는 사랑을 받았고, 우리 고전을 가까이하고 즐기는 청소년들이 많이 늘어 고마울 따름이다.

지난 십 년처럼 묵묵하게 이 시리즈를 이어 갈 생각으로 첫 마음을 되새기 며 글과 그림을 더하고 고쳐 좀 더 새로운 얼굴의 우리 고전을 세상에 다시 내 놓으려 한다. 이 책을 통해 우리 청소년들이 풍성하고 가치 있는 고전의 바다 에 풍덩 빠질 수 있기를 기대해 본다.

2012년 11월
전국국어교사모임

《재물 이야기》를 읽기 전에

이 책에 실린 야담은 17~19세기 조선의 야담집(野談集)에서 골라낸 것입니다. 야담은 현실에서 충분히 일어날 수 있는 이야기가 사람들의 입을 통해 전해지다가 작가에 의해 기록된 짧은 한문 소설이지요. 이는 중국이나 일본에서는 찾아볼 수 없는 우리 고유의 소설 양식이기도 합니다. 야담은 인간이 지닌 각양각색의 모습부터 남녀 간의 사랑, 인정세태 같은 시대상까지 다양한 내용을 담고 있지만 그중에서도 가장 흥미로운 것은 돈과 치부(致富), 즉 돈을 모아 부자가 되는 것에 관한 이야기일 것입니다.

사실 인간의 활동은 모두 경제 활동과 직간접으로 관련이 있습니다. 하지만 조선 시대에는 유학을 숭상하고 문(文)을 받드는 한편 사농공상(士農工商)은 차례를 두고 수직적으로 인식했지요. 그래서 상업을 하거나 돈을 버는 것을 천하게 여겼습니다. 하지만 이 책은 돈과 관련한 경제 활동과 사회 현상을 담은 이야기를 싣고 있습니다. 돈에 울고 웃는 세상살이, 난관을 극복하고 돈을 버는 이야기, 양반 신분을 내팽개치고 부자가 된 이야기까지 다양한 이야기를 담고 있답니다.

이 책에 등장하는 인물 역시 매우 다양합니다. 가난뱅이와 거지, 농민과 상인, 부자와 짚신바치, 왕족과 몰락한 양반, 무인(武人)에 이르기까지 고전 소설에서 흔히 볼 수 있는 재주 많고 잘생긴 주인공과는 사뭇 다른 주인공들이지요. 이들은 기존의 가치관에 얽매이지 않고, 남다른 안목으로 인생의 주체가 되어 부를 쌓는가 하면, 사회의 변화를 잘 파악하여 과감하게 신분을 벗어던지고 장사를 하거나 농사를 지어 부를 쌓기도 합니다. 돈 욕심을 버려 부를 이룬 경우도 있고, 돈을 벌어 남에게 베푼 경우도 있지요.

　무엇보다 새로운 농법의 보급과 상업 자본의 등장, 담배 농사나 매점 매석을 통한 부의 축적 등 조선 후기 사회상을 고스란히 담고 있어 재미를 더해 줍니다. 돈과 부(富)로 조선 후기 사회를 읽을 수 있는 야담들은 지금의 시선으로 읽어 보더라도 우리의 가슴을 적시고 강한 울림을 전해 줄 것입니다. 특히 사회적 통념과 가치관을 거부하고 끊임없는 노력으로 부를 이루는 과정, 이렇게 모은 돈을 아름답게 쓰는 장면을 통해 웃음과 진한 감동도 느낄 수 있을 것입니다. 그러면 지금부터 돈에 울고 웃는 이야기, 돈 때문에 일어나는 이야기 속으로 들어가 봅시다.

2013년 3월

진재교

차례

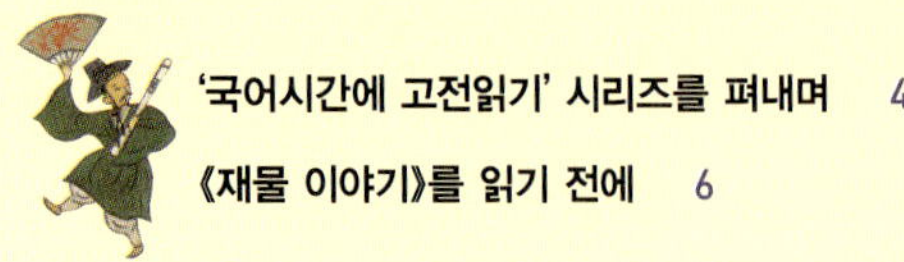

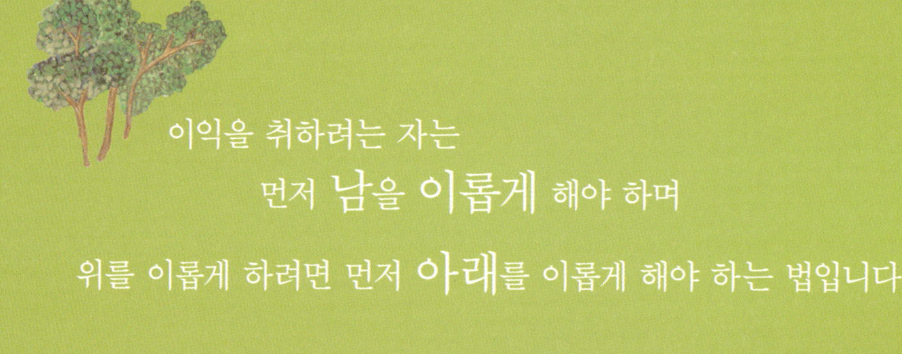

이익을 취하려는 자는
먼저 **남을 이롭게** 해야 하며

위를 이롭게 하려면 먼저 **아래**를 이롭게 해야 하는 법입니다

1

돈에
울고 웃는
세상

이야기 … 하나

부자를 속이고 은혜를 갚은 가난뱅이

사람 사귀는 것을 무척 좋아하는 가난뱅이가 있었다. 가난뱅이는 새벽에 일어나자마자 세수하고 머리를 빗고서는 곧장 장교 근처의 부잣집으로 가서 어정거렸다. 그 부잣집에는 늘 아홉 사람이 모여 노느라 가객과 기생이 북적였고, 술이며 안주 따위가 떨어질 날이 없었다. 그런데 부르지도 않은 가난뱅이가 날마다 와서 음식을 축내니 모두들 그를 얕잡아 보았다. 사람들은 틈만 나면 심심풀이로 가난뱅이를 놀렸지만 가난뱅이는 꾹 참기만 했다. 그러다 보니 가난뱅이가 일이 있어 오지 않으면 도리어 사람들이 그 이유를 궁금해 하며 기다리게 되었다.

비가 내리는 어느 날, 그날도 부잣집에 모인 사람들은 집으로 돌아갈 생각은 않고 가난뱅이와 이야기를 나누고 있었다.

"자네는 집안 형편도 어려운데 나이가 오십 줄이나 되었으니 죽을 날이 멀지 않은 듯하네. 우리가 이렇게 각별하게 지내고 있으니, 자네가 죽었다는 소식을 들으면 바로 달려가서 장례 치르는 일을 돕지 않겠는가?

그런데 그때 누구 집에 걱정거리가 있거나 피치 못할 사정이 생길지 모르거든. 며느리가 아이를 낳는다거나 손자가 홍역에 걸리거나 하면 사람들이 초상집에 가는 것을 꺼리니, 그렇게 되면 우리노 자네에게 가 볼 수 없을 것이네.

그러니 아예 지금 이 자리에서 아무개는 장례식에 들어가는 돈을 대고, 아무개는 관을 마련하고, 아무개는 무덤을 만들 때 드는 돈을 부담하기로 약속하고 문서로 작성해 두세. 그런데 관의 길이는 미리 정해 둘 수 없으니 어찌한다?"

그러자 가난뱅이가 대꾸했다.

"나중에 있을 일이긴 하지만, 좌우간 자네들 뜻이 그러하다니 고마울 따름일세."

그때 한 사람이 나서서 말했다.

"관으로 쓰는 나무는 단 몇 치 차이로도 값이 많이 다르더군. 지금 길이도 정하지 않고 그냥 긴 재목을 마련해 둘 일은 아닌 듯하네. 값이 싼 것을 미리 마련해 놓았다가 뜻밖에 송장이 길면 그때는 어떡할 건가? 지금 대충 염을 해 보고 길이를 정하는 것이 옳지 않겠나?"

그 말을 듣고 다들 옳다 하더니 달려들어 가난뱅이를 붙잡는 것이었다. 가난뱅이는 일부러 가만히 있었는데, 사람들이 수건과 끈 따위를 마루에 늘어놓고 이불을 펴더니 가난뱅이를 들어다가 그 위에 눕히는 것이었다. 이어서 발에서부터 염을 하여 얼굴에까지 이르자, 가난뱅이는 숨이 탁 막히기 시작했다. 하지만 모두들 손가락질하며 깔깔거리느라 가난뱅이를 풀어 주는 것을 그만 잊어버리고 말았다. 그 사

* **장교**(長橋) 조선 시대 서울 청계천에 있던 다리.
* **가객**(歌客) 시조를 잘 짓거나 판소리 따위를 잘하는 사람을 이른 말.
* **치** 길이의 단위로, 한 치는 약 삼 센티미터이다.
* **염**(殮) 시신을 씻긴 뒤 수의를 입히고 베나 이불 따위로 싸는 일.

이에 가난뱅이는 그만 숨이 넘어가 버렸다.

가난뱅이가 아무 말이 없자 사람들은 이를 이상하게 여겨 염한 것을 풀고 들여다보았다. 그랬더니 가난뱅이는 이미 죽은 것처럼 보였다. 아홉 사람은 기겁하여 가난뱅이의 손과 다리를 주무르고 입에 약을 떠 넣기도 했다. 그러더니 저마다 가난뱅이가 죽은 것이 자기 탓이 아니라고 발뺌하며 변명하는 것이었다.

"그러게 아무개가 목을 매는 것이 지나친 것 같더라니."

"처음에 아무개가 이런 생각을 한 것부터가 이상했어."

다들 어지러울 정도로 떠드는 통에 가난뱅이는 정신이 조금 돌아왔으나 꼼짝도 않고 정말 죽은 척해 보았다.

이 광경을 지켜보던 아홉 집의 종들이 자신의 주인집에 가난뱅이가 죽었다고 알리니, 아홉 집의 부인네들이 허둥지둥하며 사람을 보내 무슨 일이 벌어졌는지 살피는 것이었다.

아홉 사람 가운데 한 사람이 말했다.

"이 사람에게 늙은 어머니와 처자식이 있으니 소식을 전하지 않을 수는 없겠지."

그 말을 들은 가난뱅이는 겉으로는 죽은 척하면서도 마음속으로는 어머니가 이 소식을 듣고 무척 놀라 슬퍼하실 것이 걱정스러웠다. 그래서 숨을 들이켜며 몸을 달싹거려 보았다.

가난뱅이가 살아날 기미가 보이자 아홉 사람이 일제히 달려들어 손을 잡고 말했다.

"자네, 우리를 알아보겠나?"

“지금 잠을 자고 일어난 겐가?”

다들 한마디씩 하는 것이, 가난뱅이가 살아나 마음을 놓는 기색이 뚜렷했다. 그런데 깨어난 가난뱅이가 아홉 사람을 둘러보더니 갑자기 목을 놓아 통곡하기 시작했다. 그러자 주변에 있던 사람들도 덩달아 울었다.

“나 같은 빈털터리가 지금까지 목숨을 이어 온 건 모두 자네들 덕분일세. 이 은혜를 언젠가는 반드시 갚아야지 하는 마음이 있었는데, 오늘 도리어 자네들에게 걱정을 끼쳤으니 차라리 죽는 게 낫겠네.”

가난뱅이는 금방 숨이 넘어갈 것처럼 흐느꼈다. 아홉 사람이 다시 술이며 차를 입에 떠 넣어 정신을 차리게 하자 가난뱅이가 훌쩍거리며 말했다.

“내 그동안 저승이 있다는 것을 믿지 않았는데, 아까 순식간에 저승에 들어가지 않았겠나. 저승에 가 보니 도깨비와 귀신이 좌우에 늘어서 있었다네. 쇠갈퀴와 물이 펄펄 끓는 솥이 뜰에 놓여 있고, 차꼬나 수갑 같은 게 있었는데, 의금부 같은 데서 보던 것과 비슷했다네. 의금부의 벼슬아치처럼 생긴 자도 있고, 죄인을 다루는 군졸처럼 생긴 자도 있더군.

염라대왕처럼 보이는 분이 나를 불러들여 무슨 죄목으로 들어왔는

---

* **차꼬** 죄수를 가둬 둘 때 쓰던 기구로, 두 개의 기다란 나무토막을 맞대고 그 사이에 구멍을 파서 죄인의 두 발목을 넣고 자물쇠를 채우게 되어 있다.
* **의금부(義禁府)** 조선 시대에 임금의 명령을 받들어 중죄인을 조사하는 일을 맡아 하던 관아.

지 묻기에, 영문도 모르고 잡혀 왔으니 무엇을 알겠느냐고 아뢰었다네. 그러자 옆에서 저승의 졸개가 나와, 다른 일을 보러 나갔다가 마침 우왕좌왕하는 자가 있어 데리고 왔을 뿐이라고 고했지. 저승의 재판관인 듯한 사람이 이를 듣고는 전각 위에 있다가 불쑥 나오더니 말했다네.

'요사이 부자들의 교만이 갈수록 심해지옵니다. 사람을 살리고 죽이는 일조차 서슴없이 마음대로 하지요. 어느 곳의 아홉 사람이 강제로 사람을 묶어 죽게 했나이다.'

그 말을 들은 염라대왕이 몹시 화를 내며 귀졸 스물일곱 명을 따로 뽑더니 이렇게 분부하셨네.

'그놈들을 여설옥으로 잡아들여 쇠로 만든 수갑과 돌로 만든 차꼬를 채우고 쇠로 만든 성을 지키는 장수를 시켜 그 죄를 지옥에 보고해라.'

그래서 내가 통곡하며 이렇게 애걸했지.

'그 아홉 사람은 마음씨 착하고 자비로운 이들입니다. 저는 지금까지 그 사람들의 도움으로 살아왔사옵니다. 이번 일은 장난을 치다 실수하여 제 숨이 막힌 것이지, 결코 그 사람들이 저를 죽인 것은 아니옵니다. 그러니 너그럽게 용서해 주옵소서.'

그러자 염라대왕이 좌우를 돌아보며 이렇게 말했네.

'아홉 사람이 평소에 가난한 벗과 궁색한 친지에게 해서는 안 될 일만 하고, 한 번도 측은한 마음으로 도와준 적이 없다면, 저 사람이 저렇게 말하지 않았을 것이다. 그러니 그 사람들을 잡아들이지 말고 좀 더 두고 보는 것이 좋을 듯하구나.'

염라대왕의 말이 끝나자 좌우에서 이렇게 아뢰지 않겠나.

‘그 아홉 놈이 자기들 재산을 고루 나누어 이 사람에게 준다 해도 그놈들이 지은 죄는 조금도 없어지지 않을 것입니다.’

염라대왕은 그 말을 듣고는 자네들을 당장 저승으로 잡아들이지 말고 며칠만 더 지켜보자고 했다네. 그런데 그때 옆에 있던 염라대왕의 집사가 내 등을 떠밀어 공중으로 떨어뜨렸는데, 바람을 타고 이곳으로 다시 사뿐히 내려오게 되었네. 눈을 떠 보니 자네들이 내 곁에서 지켜보고 있더구먼. 반갑기도 하고 슬프기도 했다네. 내 죽음이 참으로 기이한 일이로되, 이제 무슨 면목으로 자네들을 대해야 할지 모르겠네.”

가난뱅이는 눈물을 줄줄 흘리며 더 이상 말을 잇지 못했다.

그러는 동안에 아홉 집의 종들이 가난뱅이가 깨어나 한 말을 득달같이 자기 주인집에 알리니, 다들 깜짝 놀랐다. 더욱이 최근에 아홉 집에서는 걸핏하면 무당을 불러 굿을 하고 판수를 맞아 부적을 읽느라 재산을 축내어 망할 뻔한 일이 많은 터였다. 그런 판이니 본래 무식하고 소견이 얕던 아홉 사람은 가난뱅이가 꾸며 낸 저승 이야기를 듣고 마음이 흔들리지 않을 수 없었다.

아홉 사람은 앞다퉈 돈 자루를 가져와서는 가난뱅이에게 주었고,

• **귀졸**(鬼卒) 온갖 잡스러운 귀신을 통틀어 이르는 말.
• **여설옥**(犂舌獄) 혀를 빼내서 불에 태운다는 감옥으로, 이승에서 말을 함부로 한 사람이 간다고 한다.
• **판수** 점치는 일을 직업으로 삼는 맹인.
• **부적**(符籍) 잡귀를 쫓고 재앙을 물리치려고 몸에 지니거나 집에 붙이는, 글과 그림을 담은 종이.

가난뱅이 집 뜰에는 며칠 만에 삼천 냥의 돈이 쌓였다. 그런데 가난뱅이는 여덟 사람이 가져온 돈 자루는 받으면서 유독 한 사람이 가져온 돈 자루는 돌려보냈다. 이를 본 사람들 모두가 매우 의아하게 생각했다.

며칠 뒤에 가난뱅이는 아홉 사람과 작별하고 시골로 이사하여 그들을 다시는 만나지 않았다.

그 뒤로 아홉 사람은 예전처럼 하루하루 즐겁게 노는 것만 일삼고 착한 일이라고는 하지 않는 데다 무당과 판수에 빠져 도무지 절약하고 아끼는 법이 없었다. 샘물이 솟아오르듯 재물이 생기지 않는 데다, 가지고 있는 재산을 함부로 썼으니 어찌 오래갈 수 있겠는가. 기껏해야 삼 년이나 오 년이면 거덜이 나고 마는 법이라.

마침내 기와집은 초가집으로 바뀌고, 화려한 비단옷은 해져 몸을 변변히 가릴 수조차 없게 되었으며, 진귀한 음식으로 채우던 배는 굶을 지경에 이르렀다. 지난날 좀이 슬었다고 내버린 옷과 맛이 없다고 내뱉은 음식을 어디서 다시 구할 수 있겠는가?

아홉 사람은 사방으로 흩어져 다시는 모이지 못했는데, 이따금 우연히 만나더라도 부끄러워 낯을 가리고 서로 피해 다녔다. 그 가운데 한 사람은 남보다 먼저 망하고 부부가 모두 죽어 대를 이을 아들마저 없었는데, 가난뱅이가 돈을 돌려보냈던 바로 그 사람이었다.

• **냥(兩)** 예전에 엽전을 세던 단위로, 엽전 하나는 일 푼, 십 푼은 일 전, 십 전은 한 냥이었다.

십 년이 지난 뒤에 가난뱅이는 금은을 잔뜩 가지고 한양으로 가서 동네방네 수소문하여 여덟 사람을 찾아 만났다. 그러고는 자신이 받은 돈을 갚고, 거기에 다시 그 배를 얹어 주고 돌아왔다.

가난뱅이가 한 사람의 돈을 받지 않은 이유는 무엇이었을까? 그 사람이 자신보다 먼저 죽어 갚을 길이 없으리라는 것을 알고 그리한 것은 아니었을까? 크고 좋은 집에서 고기반찬을 배불리 먹고 비단옷을 입으며 사치하는 자들이 제멋대로 설칠 때, 가짜 시체가 그런 신통한 꾀를 낼 줄 누가 알았으리오.

이야기 … 둘

천금을 사기당한 임금의 친족

한 종반이 있었는데, 지위가 높고 돈이 많아 세력과 재산을 따라갈 사람이 없었다. 하루는 웬 사내가 말을 타고 종을 부리며 종반의 집에 찾아왔는데, 옷차림이 화려하고 사치스러웠다. 사내는 상납할 재물 수천금을 평양에서 가지고 왔는데, 허술한 객사를 보고는 물건을 잃어버릴까 걱정되어 종반의 집을 찾았다고 했다. 말을 마친 사내는 곧장 짐을 풀어 중국과 중국 서쪽의 여러 나라에서 만든 물건을 꺼내 보였다. 물건들은 하나같이 눈부실 정도로 아름다워, 바라보던 청지기와 종들 모두 넋이 나갈 정도였다. 그 때문에 모두들 사내가 큰 부자인 게 틀림없다고 생각하고 정성껏 대접했다.

사내가 종반을 만나고 싶어 하는데도 말을 꺼내지 못하는 듯하자, 청지기와 종들은 종반에게 사내가 큰 부자라고 칭찬했다. 그러자 종

반이 사내를 만나 보겠다며 데려오게 했다. 사내
는 접었다 폈다 하는 쥘부채를 허리에 차고 값
비싼 쥘부채 장식품을 드러내 보이며
종종걸음으로 종반을 찾아왔다.
종반이 사내와 만나 말을 해 보니 사
내의 생김새와 말솜씨가 모두 훌륭했
다. 종반이 쥘부채에 달린 장식품에 눈
길을 주자, 사내는 곧 코뿔소의 뿔로 만든
도장을 풀어 책상 위에 올려놓았다. 종반
이 자세히 살펴보니 얼룩무늬가 있는 최
상품인지라 어루만지며 귀한 물건이라
칭찬했다.

"중국 북경에서 나온 물건을 쉽게
구할 길이 있기에 이런 것은 많이 가지
고 있습니다. 여기 두고 갈 테니 즐겨
구경하십시오."

사내는 한양에 온 까닭과 종반의 집
에 찾아온 사정을 대략 이야기하고 나
서 이렇게 말했다.

"제게 수만이나 되는 재물이 있
어 걱정스러웠는데, 이곳에 묵게
되니 참으로 행운입니다."

사내가 듣기 좋은 말로 자신을 기쁘게 하자,
종반은 그 뒤부터 사내를 조용히 불러 자주
이야기를 나누었다.

그러던 어느 날, 사내가 청지기를 통해 급
히 쓸 일이 있다며 은화 수십 냥을 빌려 달라
고 했고, 종반은 흔쾌히 허락했다. 사내는
며칠 뒤에 열 냥을 더 얹어 종반에게 돌
려주었다. 이 일이 있은 뒤 사내는 평안
도의 재물을 한양에 방납하면 이익이
얼마나 남는지 이야기하면서, 서로 의지
하여 도움을 주고받자고 했다. 종반은
그 이야기에 푹 빠져 사내를 믿고 따랐는
데, 내심 사내를 너무 늦게 만났다고 아쉬
워할 정도였다.

사내는 종반의 집에 머무르는 동안 때때
로 무언가를 알아보라고 종을 보내거나 직

* **종반**(宗班) 임금의 친족.
* **객사**(客舍) 고려, 조선 시대에 각 고을에 설치해 외국 사신이나 다른 곳에
  서 온 벼슬아치를 대접하고 묵게 한 숙소.
* **청지기** 양반집에서 잡일을 맡아보거나 시중을 들던 사람.
* **방납**(防納) 조선 시대에 하급 관리나 상인들이 백성을 대신해 나라에 공
  물을 바치고 백성에게서 높은 대가를 받던 일.

접 나가 누군가가 오지 않는지 간절하게 기다리는 듯했다. 하루는 날이 저물어 어둑어둑해지려는데, 사내가 포장된 물건을 잔뜩 실은 말을 수십 마리 끌고 오더니 짐을 풀어 방에 쌓아 두고 굳게 자물쇠를 잠그는 것이었다. 그러고는 돈을 한 꿰미 꺼내 술상을 풍성하게 차려 놓고 이렇게 말했다.

"귀한 재화를 잘 운반해 왔으니 기쁘기 짝이 없구나."

그러고는 종반을 찾아갔다.

"오늘 가져온 것은 조정의 관아에 상납할 것이라 수량이 참으로 많습니다. 멀리서 운반해 오는 것이라 무슨 일이 벌어지지 않을까 염려했는데 다행히 별일 없이 도착해 쌓아 두었습니다. 이는 모두 주인댁에서 잘 돌봐 주신 덕분입니다."

다음 날 외출했다가 돌아온 사내가 종반에게 말했다.

"조정의 한 곳에 상납할 물품은 지금 막 관아의 조사를 마쳤습니다. 이 물품을 천 냥 값에 달하는 은으로 바꿔야 하는데 마침 시장의 물품 가격이 오르고 있으니 조금 더 이곳에 두었다가 바꿔야 할 것 같습니다. 생각해 보니 시장 상인들에게 팔아 그들이 이익을 보는 것보다는 종반 나리 댁이 사셔서 이익을 보는 게 나을 것 같습니다. 하지만 자꾸 이런 부탁을 드리기가 죄송스럽습니다."

종반은 이미 그 물건을 자기 집에 들인 것을 알고 있는 데다, 이익에 눈이 멀어 조금도 의심을 품지 않고 또다시 흔쾌히 허락했다. 사내는 고마워하며 이렇게 말했다.

"갑자기 쓸 일이 생기면 시장 가격으로 바치겠습니다."

사내는 종과 함께 은을 가지고 나가더니 날이 저물도록 돌아오지 않았다. 종반은 사내가 관아에 머무느라 늦는 모양이라고 생각했다. 그런데 다음 날에도 날이 저물도록 사내가 오지 않자 종반은 무슨 일이 생긴 것인지 관아에 알아보았다. 그런데 관아에 은을 바치는 일이 없다고 하는 것 아닌가!

깜짝 놀란 종반이 잠긴 방문을 열고 포장한 것을 열어 보니, 모두 강변의 조약돌이었다. 종반은 사기를 당했음을 깨달았지만 이미 하루가 지난 뒤라 사내의 자취를 찾을 방법이 없었다. 종반은 열 금짜리 쥘부채 장식품 하나를 얻고 천금에 달하는 은화를 잃었지만, 멍하니 혀만 쯧쯧 찰 뿐 부끄러워 드러내 놓고 말도 하지 못했다.

꿰미 끈 따위로 꿰어서 다루는 물건을 세는 단위.

상납(上納) 나라에 조세를 바치거나, 윗사람에게 돈과 물건을 바치는 일.

이야기 … 셋

욕심을 버려 부자가 된 사람

최생은 몹시 가난하여 어렵게 살고 있었지만 성격은 소탈했다. 하루는 우연히 돈 두 꿰미를 얻어 책상에 놓아두었는데, 밤에 키가 훤칠하게 큰 사람이 나타나 다정하게 인사하더니 말을 붙였다.

"제게 돈 두 꿰미를 빌려 주시면 내일 갚으리다."

최생은 선뜻 승낙하고 돈을 건네주었다. 이 사실을 안 식구들은 최생을 나무랐다. 최생도 곧 후회했으나 이미 어쩔 도리가 없었다. 그런데 이튿날 저녁에 그 사람이 나타나더니 마당에서 방 안으로 돈을 던지며 말했다.

"돈 두 꿰미를 갚으니 맞는지 보시구려."

최생이 세어 보니 과연 빌려 간 액수 그대로였다. 그런데 다음 날에도 똑같이 돈을 던지더니, 날마다 두 꿰미씩 던지는 것이었다. 그리하여 최생은 곧 큰 부자가 되었다.

이웃에 살던 박생은 최생을 찾아가 어떻게 해서 갑자기 부자가 되었는지 물었다. 최생은 처음에는 사실을 숨기고 우물쭈물 대답했지만, 박생이 계속 캐묻자 솔직하게 털어놓았다.

박생은 부자가 되고 싶은 욕심 때문에 날이 저물어도 돌아가지 않고 최생 집의 뜰을 서성거렸다. 그러자 과연 웬 사람이 나타나 최생의 방에 돈을 던지는 것이 아닌가! 박생은 그 사람에게 인사를 하고 자기 집에도 꼭 와 달라고 간곡하게 부탁했다. 그러자 돈을 던지던 사람은 그러겠다고 약속하고는 돌아갔다.

이튿날 해가 뉘엿뉘엿 질 무렵 박생은 집을 깨끗이 치우고 그 사람을 기다렸다. 그런데 정말 기다리던 사람이 나타나 인사를 하는 것 아닌가.

"선생의 소원은 무엇인지요? 내 그 소원을 들어주리다."

"우리 집 지붕이 새서 비바람을 막을 수 없는 형편이오. 그러니 지

붕을 이어 주시면 죽어도 여한이 없겠습니다.”

“오늘 밤에 이어 놓을 테니 내일 일어나 한번 보오.”

그 말을 들은 박생은 좋아서 거듭 절을 하며 고맙다는 인사를 했다. 그러고는 문을 닫고 잠자리에 들더니 이튿날 해가 중천에 솟아올랐을 때에야 일어났다. 박생은 지붕이 깔끔하게 이어졌으리라 기대하며 나가 보려는데, 밖에서 손뼉을 치며 크게 웃는 소리가 들리는 것 아닌가.

“어허! 박가네 지붕에 이상한 물건이 가득 차 있네그려.”

박생은 밖으로 나가 지붕을 올려다보았다. 지붕에는 여자들이 월경할 때 쓰는 천이 겹겹이 덮여 있고 붉은 피가 줄줄 흘러내리고 있었다. 박생은 얼굴이 화끈거릴 정도로 부끄러워 얼른 삯꾼을 사서 치우게 했다.

박생은 그날 밤에 그 사람이 다시 나타나자 원망하며 말했다.

“어제 일은 그저 장난친 것이라오. 다시 한 번 하고자 하는 일을 부탁하시면 힘써 도우리다.”

“집에 쌀이 떨어져 아침저녁으로 굶고 있으니 양식을 구해 주시오.”

그 사람은 그렇게 하겠다는 말을 남긴 채 사라졌다.

이튿날 아침, 박생이 일어나 보니 쌀 수천 포대가 집 주위에 쌓여 지붕보다 높게 솟아 있었다. 그 광경을 본 마을 사람들은 이상한 일도 다 있다며 수군수군했다. 그런데 이내 관아에서 나온 포졸들이 들이

생(生) 학식은 있으나 벼슬하지 않은 선비를 이르는 말.

닥쳐 박생에게 말했다.

"어젯밤에 나라의 창고에 쌓아 둔 쌀을 도둑맞았는데 낟알이 떨어진 곳을 따라오니 이곳에 이르렀소. 당신 집은 달팽이만큼 조그마한데 어떻게 쌀을 이렇게 많이 쌓아 놓았단 말이오?"

그러자 박생은 사실대로 털어놓았다. 포졸들이 쌓여 있는 쌀이 몇 섬이나 되는지 세어 보니 도둑맞은 양과 똑같았다. 박생은 또 삯꾼을 사서 쌀을 원래 있던 창고로 옮기느라 돈이 무척 많이 들었다. 그 뒤로 다시는 그 사람이 나타나지 않았다고 한다.

《시경》에서 "군자는 복을 구할 때 도리를 어기지 않는다."라고 했다. 복을 구한다고 해서 다 얻을 수 있다면 누군들 복을 얻지 못하겠는가! 최생은 마침 운수가 좋아 부자가 되었는데, 잠시 도깨비의 손을 빌려 자신의 복을 이룬 것일 뿐이다. 그러나 박생은 운수를 거스르며 복을 얻으려 했기 때문에 낭패를 본 것이다.

● **섬** 곡식이나 가루 따위의 부피를 잴 때 쓰는 단위로, 약 백팔십 리터에 해당한다.
● **《시경(詩經)》** 중국에서 가장 오래된 시집.

이야기 … 넷

담뱃잎을 잃고도 돈을 번 농부

영조 임금 때 담배가 귀해 한양에서는 담배 한 줌의 값이 서 푼이나 되었다. 그때 경상남도 함안 땅 칠원(漆原)에 사는 한 사람이 논밭을 죄다 판 돈 오백 냥으로 담배를 샀다. 담배를 팔러 한양으로 떠난 그는 저물녘에 한양의 석우에 이르렀는데, 벼슬아치의 옷차림을 한 늙은 이가 그에게 물었다.

"이게 담배 짐이오?"

"그렇습니다."

"요즘처럼 담배가 동이 난 때 그 정도면 삼천 냥은 너끈히 벌겠는 걸. 당신 참 때를 잘 맞춰 왔구려."

"어르신, 제가 이번에 한양에 처음으로 온 데다 의지할 만한 사람이 아무도 없습니다. 객주를 정하거나 담배를 팔기 위한 이러저러한 절차를 가르쳐 주실 수 있는지요?”

“저런! 초행길에 이런 값나가는 물건을 가져왔단 말이오? 날 만나지 못했으면 아주 낭패할 뻔했구려. 걱정 말고 나만 따라오시오.”

늙은이는 담배 장수를 데리고 성문으로 들어가 성안을 한참 서성이더니 통금 시간이 다 되어서야 자기 집으로 들어가서는, 담배 장수의 짐을 잘 간수해 주었다. 늙은이는 다음 날 꼭두새벽에 일어나자마자 담배 장수에게 말했다.

“당신이 가져온 담배가 적지 않으니 하루 이틀에 다 팔릴 것 같지는 않소. 마침 용산호(龍山湖)에 싣고 와야 할 나뭇짐이 있는데, 당신 망아지가 하는 일 없이 놀고 있으니 수고스럽겠지만 아침을 들고 망아지를 끌고 가서 가져올 수 있겠소?”

“그거야 상관이 없겠지만, 용산호로 가는 길을 모르니 아무래도 좀 어렵겠습니다.”

“그러면 우리 집 종을 데리고 가면 어떻겠소?”

　　담배 장수는 망아지를 배불리 먹이고 그 집 종과 함께 집을 나섰는
데, 통금이 풀리는 시간을 갓 넘긴 때라 가까이 있는 사람도 제대로
알아볼 수 없을 정도로 어두웠다. 그런데 얼마 가지 않아 늙은이 집
종이 슬그머니 내빼더니 어디론가 사라져 버렸다. 담배 장수는 그 종
을 찾느라 사방을 돌아다녔지만 온데간데없었다. 결국 찾기를 포기한
담배 장수는 늙은이의 집으로 되돌아가려 했지만 어두울 때 들어가
하룻밤 자고 나온 집을 어떻게 기억할 수 있겠는가. 담배 장수는 이러
지도 못하고 저러지도 못해 그저 말고삐만 쥐고 길거리에서 대성통곡
하고 말았다. 오가는 사람들이 너나없이 왜 그러는지 묻고 사정을 들

* **푼** 엽전을 세는 단위. 한 푼은 돈 한 닢을 이르는데, 한 냥은 열 돈이고, 열 돈은 백 푼이었다.
* **석우(石隅)** 남대문에서 동작 나루로 나가는 중간에 있던 지명으로, '돌모루'라고 했다.
* **객주(客主)** 조선 시대에 다른 지역에서 온 상인들의 거처를 제공하며 물건을 맡아 팔거나 흥정을 붙여 주는
  일을 하던 상인 또는 그런 집.
* **통금(通禁)** 일정한 시간 동안 일반인이 거리를 지나다니거나 집 밖에서 활동하는 것을 금지하던 일.

어 보더니 모두 담배 장수를 딱하게 여겼다.

때마침 벙거지를 쓴 건장한 사내가 술에 반쯤 취해 노래를 부르며 어슬렁어슬렁 다가오더니 무슨 영문인지 담배 장수에게 넌지시 물었다. 담배 장수가 자초지종을 이야기하자 사내는 껄껄 웃으며 말했다.

"잃어버린 담배를 내가 전부 찾아 줄 테니 담배 판 돈을 조금 나눠 줄 수 있겠소?"

담배 장수는 뛸 듯이 기뻐하며 말했다.

"찾을 수만 있다면 잃어버린 담배를 다 드리더라도 아까울 것이 없을 심정입니다요."

사내는 담배 장수에게 시키는 대로 하면 금방 담배를 찾을 것이라며 그 방법을 일러 주었다. 말을 마친 사내는 담배 장수가 끌고 나온 말 세 필 가운데서 늙은 말을 골라 고삐를 풀어 앞서 가게 했다. 그러고는 담배 장수와 함께 그 말을 뒤따라갔다. 이윽고 말이 어느 집 문 앞에 멈춰 서자 사내가 담배 장수에게 물었다.

"이 집이 바로 그 집이오?"

담배 장수가 한참 동안 유심히 살펴보다가 말했다.

"이 집이 맞습니다."

그 말을 들은 사내는 발길로 문을 걷어차더니 집주인을 불렀다. 집에서 사람이 나오자 사내가 담배 장수를 돌아보며 물었다.

"이 사람이 당신이 어제 만난 그 늙은이요?"

"예, 맞습니다."

담배 장수를 본 집주인은 깜짝 놀라더니 얼른 이렇게 둘러댔다.

"아니, 어디 갔다 이제 오우? 우리 집 종이 좀 전에 먼저 와서 날이 어두워 서로 잃어버렸다고 합디다. 그래서 당신을 기다리던 참이었소. 어쨌든 돌아왔으니 천만다행이오."

그러자 사내가 집주인을 꾸짖었다.

"너는 뭘 하는 놈인데 감히 대궐로 실어 나르는 담배를 중간에서 가로채고, 이 사람을 속여 따돌렸느냐? 네 이놈, 우선 담배부터 모두 내놓아라!"

사내의 기세가 워낙 당당하니 집주인은 그의 말을 멍청히 듣고만 있다가 한마디 변명도 못하고 담배를 고스란히 내왔다.

사내가 짐을 헤쳐 보더니 말했다.

"아니, 이 속에 있던 돈 삼백 냥은 어디로 빼돌

렸느냐!"

그러자 집주인이 담배 장수를 돌아보며 이렇게 말했다.

"어제 당신이 짐을 들여놓을 적에 돈이 있다는 말은 하지도 않았소. 그리고 이 짐은 풀어 보지도 않고 이제 막 꺼내 온 것인데 돈이 없다고 따지니 참으로 맹랑하시구려."

그러자 담배 장수는 사내가 시킨 대로 이렇게 말했다.

"내 어제는 말하지 않았으나, 나는 대궐의 마름이오. 그래서 궁방전에서 바치는 담배와 돈 삼백 냥을 가져왔었다오. 지금 돈이 없다고 하시는데, 어르신이 어찌했는지 알 수 없는 일이지요."

이번에는 사내가 언성을 높여 말했다.

"나는 대궐의 종이오. 담배가 오지 않아 한참을 기다리다가 마침 이 사람을 만나서 같이 왔소. 돈을 순순히 내놓지 않으면 대궐에서 엄하게 문책할 텐데, 어디 한번 버텨 볼 테요?"

그렇게 말하고 소맷자락을 걷어붙이며 눈알을 부라리는데, 기세가 등등해 충분히 겁을 줄 만했다. 집주인은 보잘것없는 상놈이 거짓말을 하고 있다는 것을 뻔히 알았지만, 이미 약점이 잡혔기 때문에 변명할 도리가 없었다. 괜히 발악했다가는 어떤 풍파가 닥칠지 몰라, 울며 겨자 먹기로 생돈 삼백 냥을 고스란히 물어 주었다.

사내는 담배 장수와 함께 담배를 싣고 자기 집에 가져가서는 담뱃값이 더 오르기를 기다렸다가 모두 내다 팔아 삼천 냥 가까이 받았다. 담배 장수가 절반을 내놓자, 사내는 웃으며 말했다.

"내 속임수로 삼백 냥을 벌었으니 그것으로 충분하오. 어찌 당신 재

산에 욕심을 내겠소? 이 돈은 당신이 전부 가져가고 다시는 그런 말을
꺼내지 마오."

　그러고는 끝내 돈을 받지 않았다. 이야기를 들은 사람들은 모두 통
쾌하게 여기며 사내의 기지에 감탄해 마지않았다.

* **마름** 땅임자를 대신하여 땅을 빌려주고 사용료를 받는 일을 관리하는 사람.
* **궁방전(宮房田)** 조선 후기에 대군(大君), 군(君), 공주, 옹주 등이 거처하는 집에 들어가던 경비와 이들이 죽
　은 뒤의 제사 비용을 대기 위해 지급하던 토지.

이야기 … 다섯

가난한 이와 주인 대감을 함께 도운 선비

영남에 가난한 선비가 있었는데, 날마다 여기저기서 곡식을 빌려 겨우 겨우 처자식을 먹여 살리는 형편이었다. 어느 날 선비가 아내에게 이렇게 약속했다.

"우리 인생이 백 년이라지만 잠깐 아니겠소. 우리도 일생 동안 살아 갈 계획을 세워 앞으로 오륙 년 정도 힘써 실천하면 죽기 전까지 그럭 저럭 편안히 살 수 있을 듯하오.

그런데 지금은 하루 벌어 겨우 하루 끼니를 때우고 있으니, 어느 겨 를에 앞날을 대비할 수 있겠소. 이렇게 살다가 늘그막에 병으로 오랫 동안 몸져누우면 꼼짝없이 죽음을 기다릴 수밖에 없지 않겠소. 내 이 참에 앞으로 살아갈 방도를 찾아볼 테니 당신은 오륙 년 정도 남의 집 에서 일을 해 주는 게 어떻겠소? 아이들에게 땔감을 주워 오게 하면 그럭저럭 입에 풀칠은 할 수 있을 듯하오."

아내는 그저 알겠다고만 했다.

선비는 한양으로 가서 벼슬아치들의 동태를 살피고 사람들이 벼슬아치들 한 명 한 명을 어떻게 생각하는지 들어 보았다. 그러고는 결백하고 명망이 높으며 뛰어난 재주에 넓은 마음을 지닌 어느 대부에게 몸을 맡기기로 작정했다. 선비는 용모가 추해 사람 취급을 받지 못하는 여종의 남편이 되어 대부 집에 들어가서 허드렛일을 했다.

선비는 맡은 일을 깔끔하게 척척 해치워 칭찬을 들었는데, 나중에는 집안 안팎의 일을 도맡아 하게 되었다. 어느 날 주인 대감이 와서 조용히 물었다.

"네 이름은 무엇이고, 예전에 어디서 무엇을 하며 살았더냐?"

• **대부(大夫)** 벼슬의 등급에 붙이던 칭호로, 조선 시대에는 정일품에서 종사품까지의 벼슬에 붙였다.

“저는 함경도 백성으로 이름은 아무개이옵니다. 어렸을 때 글공부를 조금 해서 글의 뜻은 알 수 있사오나, 돈 없이 떠돌아다니다가 여기에까지 이르렀습니다.”

“그래? 글공부까지 한 마당에 허드렛일이나 하고 있으니 억울하겠구나. 오늘부터 문서 다루는 일을 맡아보아라.”

선비가 문서 다루는 일을 민첩하게 해내자 주인 대감은 그를 무척 좋아하고 아꼈다. 그러다가 주인 대감이 평양 감사가 되자 선비는 주인 대감을 따라가 금전을 내주거나 받는 일을 맡아보았다. 주인 대감의 임기가 다해 집으로 돌아가게 되었을 때 선비가 주인 대감에게 조용히 아뢰었다.

“대감께서는 남달리 청렴하고 검소하셔서 단 한 푼도 사사로이 사용하려는 마음이 없으신데, 장부에 적혀 있는 것 외에 십만 냥이나 되는 은화가 남아 있습니다. 이를 어떻게 처분하면 좋겠는지요?”

“그래, 나도 그 돈을 어떻게 처리할지 생각하고 있는데, 아직 좋은 수를 찾지 못했구나.”

“대감! 그동안 평안도 백성들이 이러저러한 일로 폐해를 일으켜 쓴 돈이 얼마이고, 또 이러저러한 일로 폐해를 일으켜 쓴 돈이 얼마이옵니다. 제 생각으로는 오만 냥을 들이면 그 폐해를 막을 수 있는데, 그러신다면 대감께서 베푸신 은혜가 끝이 없을 것이옵니다.

나머지 오만 냥으로는 중국 물건을 사들였다가 다시 이를 가지고 삼남 지방으로 내려가 팔면 몇 배의 이익을 취할 수 있을 듯합니다. 이 익금으로 무기를 사서 대동강 유역의 방비를 튼튼하게 하면 좋지 않겠습니까?"

주인 대감도 이 의견이 옳다고 여겨 십만 냥을 전부 선비에게 맡겼다. 그러자 선비는 오만 냥으로 평안도에서 벌어진 여러 폐단을 정리했다. 나머지 오만 냥으로는 중국 물건을 사서 배에 싣고 남쪽으로 떠났는데, 오래도록 소식이 없었다. 그사이 임기가 끝나 한양으로 돌아간 주인 대감은 선비에게 속았다 생각하여 아무개는 도둑놈이니 죽여 마땅하다고 공공연히 말하며 지냈다.

그런데 삼 년이 지난 어느 날, 선비가 허름한 옷을 걸치고 다시 주인 대감 앞에 나타났다. 선비는 여종을 시켜 마님에게 아무개가 돌아왔다고 알렸다. 그러자 마님이 말했다.

"대감께서 늘 아무개가 오만 냥을 가지고 달아났으니 죽여 버리겠다고 하시는데, 그자가 돌아왔단 말이냐. 대감께서는 평양에 계실 적에 집안일을 전혀 돌보지 않으셨는데, 그때 아무개가 충직하게 우리 집에 재물을 보내 돌봐 주지 않았다면 우리가 누구에게 의지했겠느냐?

나는 아무개의 공로를 잊지 않고 있다. 그러나 대감께서 아무개를 보면 죽이려 하실 것이니 여기서 머뭇거리지 말고 얼른 몸을 피하라고 전하거라."

여종이 선비에게 마님의 말을 그대로 전했는데도, 선비는 픽 웃기만 하고 떠날 생각을 않는 것이었다. 그러던 어느 날, 선비와 마주친 주인 대감은 하인들에게 곤장을 가져와 당장 때려죽이라고 명령했다. 그러자 선비가 당돌하게 말했다.

"오만 냥이 도대체 얼마나 큰 재물인지는 모르겠사오나, 제가 그 돈을 도둑질했다면 감히 다시 와서 대감을 뵙겠습니까? 대감은 어찌 옳고 그름을 따져 보지도 않고 이리 급하게 저를 죽이려 하십니까?"

주인 대감이 하인들에게 잠시 기다리라 하고 그간의 사정을 묻자 선비는 옷차림을 제대로 갖춘 뒤 이렇게 말했다.

"대감, 저는 함경도 백성이 아니옵고 영남의 선비올시다. 대감의 종이 되었던 것은 대감께서 평양 감사가 될 것을 알고 있었기 때문입니다. 평안도는 우리나라에서 물산이 가장 풍부하게 나는 곳인지라, 제가 잠시 몸을 굽혀 대감을 섬기고 평안도의 물산을 이용해 돈을 벌고자 한 것이었습니다.

그런데 이익을 취하려는 자는 먼저 남을 이롭게 해야 하며, 위를 이롭게 하려면 먼저 아래를 이롭게 해야 하는 법입니다. 그래서 먼저 오만 냥으로는 평안도 백성을 이롭게 하고, 나중에 남은 오만 냥으로는 무역을 하여 다시 십만 냥을 만들었습니다.

그런 다음 오만 냥으로 대감 댁을 이롭게 하고, 나머지 오만 냥으로 소생의 집을 이롭게 했사옵니다. 지난 삼 년 동안 대감께서는 아무것도 잃지 않으셨는데, 어찌하여 저를 이리도 미워하고 죽이려고까지 하십니까?"

"네가 나를 속였기 때문에 그것을 미워하는 것이지, 이롭고 이롭지 않고는 내 논할 바가 아니다."

그러자 선비는 내일 다시 뵙겠다고 하고는 물러가서 주인 대감의 아들을 만났다.

"내 오늘 주인과 손님의 예로 대감을 뵈었소. 그러니 이제부터 나를 더 이상 여종의 남편으로 대하지 마시기 바라오."

선비는 그동안 있었던 일들을 모두 이야기했다.

"생각해 보시오. 내가 없었으면 대감의 청렴결백한 성품에 어디서 오만 냥이 나서 논밭을 살 수 있었겠습니까? 처음엔 오만 냥으로 중국 물건을 사들여 배에 싣고 동래로 가서 일본 물건과 바꿨다오. 그러고는 다시 한양으로 와서 그것을 팔아 서너 배의 이득을 얻었지요.

큰 재물로 큰 이익을 얻으려는 자가 인색하게 굴면 사리에 어긋나는 법이어서, 오고 가는 길에 쓰는 한편으로 가난한 사람들에게 나눠 주고 잔치를 벌이느라 쓴 것 또한 적지 않았소.

또한 논밭과 집을 사고 노비를 들이는 데도 십만 냥을 썼지요. 먼저 대감께 바치려고 좋은 논밭과 집, 튼실한 노비를 택해 오만 냥을 들였습니다. 이게 논밭과 집, 그리고 노비를 산 문서올시다. 그리고 내 몫으로도 오만 냥을 들여 논밭과 집을 샀소.

내일 그대들의 시골 노비들이 쌀 천 곡을 싣고 올 것이오. 그 쌀은 오만 냥으로 사들인 논밭에서 난 것들이지요. 사람을 보내 좀 전에 말

---

* **동래**(東萊) 조선 시대의 지명으로, 동래부(東萊府)를 가리킨다. 일본인들이 머물면서 외교나 무역을 행하는 왜관(倭館)이 있던 곳으로, 이곳을 통해 일본과 무역을 했다.
* **곡**(斛) 곡식의 분량을 헤아리는 데 쓰는 그릇의 하나. 스무 말들이와 열다섯 말들이가 있다.

한 문서에 있는 논밭에서 거둬들인 것인지 맞춰 보게 한 다음 댁으로 가져오시면 될 겁니다.”

선비는 말을 마치고는 주머니에서 문서를 꺼내 주인 대감의 아들에게 주는 것이었다.

이튿날, 과연 수십 명의 노비가 쌀 천 곡을 수레에 싣고 와서 주인 대감의 집에 들여놓았다. 주인 대감은 길게 탄식하며 선비를 경솔히 꾸짖은 일을 후회했다. 주인 대감은 이름을 더럽히지 않고도 마침내 큰 부자가 된 것이다.

아이들 담배 피우던 시절

독특한 향이나 맛 때문에 좋아하고 즐기는 것을 기호품이라고 합니다. 배고픔과는 상관
없다는 점에서 끼니마다 먹는 음식물과는 다르지요. 조선 시대의 대표적인 기호품으로
는 차와 술, 담배를 들 수 있습니다. 차와 술은 삼국 시대부터 많은 사랑을 받았고,
담배는 조선 후기에 일본에서 전래되어 최고의 기호품이 됩니다. 하지만 흉년이 들어
먹을 양식이 부족해지면 일반 백성들은 기호품을 즐기기 어려웠습니다. 나라에서 금주
령을 내려 곡식으로 술을 빚는 것을 막았으며, 차와 담배 대신 쌀과 보리를 재배하도록
했기 때문입니다.

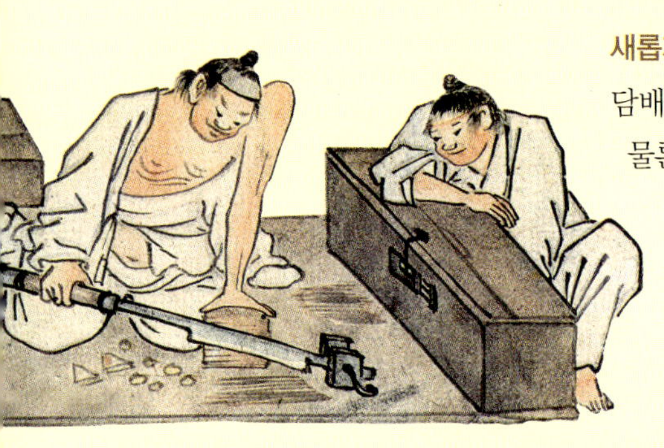

절초전에서 담배를 써는 모습.
〈담배 썰기〉, 김홍도, 국립중앙박물관 소장.

새롭게 등장한 기호품, 담배

담배는 순식간에 온 나라에 퍼졌습니다. 고위 관리는
물론 가마꾼과 땔나무를 하는 아이까지 담배를 피웠
지요. 한양에는 절초전(切草廛)이라는 가게에서 담
배를 썰어 팔았고, 연죽전(煙竹廛)에서는 여러 가
지 색으로 물들인 담뱃대를 팔았으며, 도자전(刀子
廛)에서는 담배통을 팔았다고 합니다. 당시의 농사
관련 책에는 담배의 종류나 재배법 등이 다양하게
실려 있지요. 손님을 접대할 때도 연다(煙茶), 연주(煙酒)
라 하여 차나 술과 함께 담배를 내놓았다고 합니다.

조선의 흡연 문화

조선 효종 4년(1653)에 폭풍으로 배가 부서져 우리나라에 14년 동안 머물다 귀국한 네덜
란드의 선원 하멜은 《하멜 표류기》에서 "조선에서는 네댓 살 되는 어린아이들까지 담배
를 피운다."라고 했습니다. 요즘은 윗사람 앞에서 담배를 피우지 않는 것이 예의지만,
당시에는 신하가 임금 앞에서도 담배를 피웠다고 합니다. 담배 냄새를 싫어한 광해군
때부터 이런 풍습이 서서히 바뀌기 시작해 종은 상전 앞에서, 아들은 아버지 앞에서,
지위가 낮은 벼슬아치는 지위가 높은 벼슬아치 앞에서 담배를 피우지 못했지요. 재미있
는 것은 담뱃대가 길면 길수록 신분이 높음을 상징했다는 사실입니다. 담뱃대가 길면

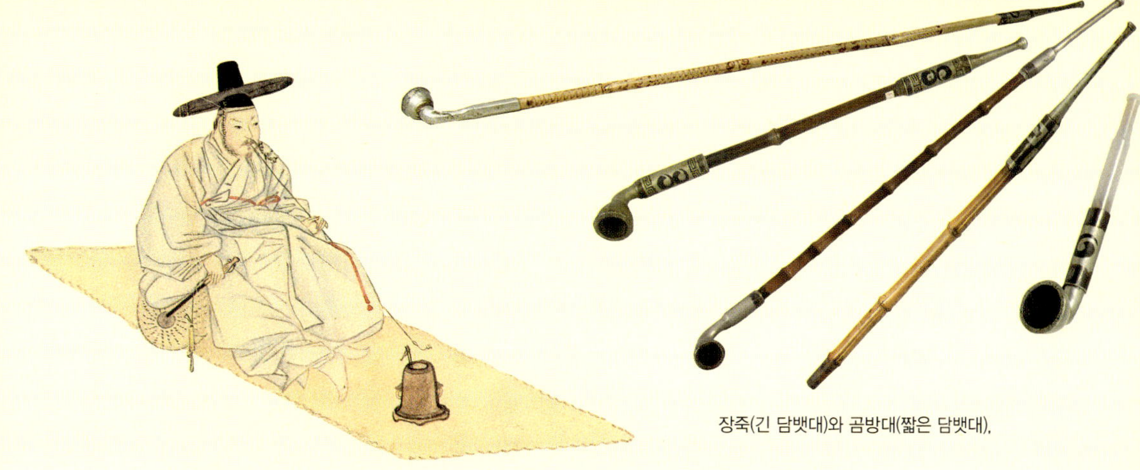

장죽(긴 담뱃대)와 곰방대(짧은 담뱃대).

'장죽(長竹)', 짧으면 '곰방대'라 했는데, 양반들은 장죽을 썼습니다. 장죽을 입에 물고 있으면 담배통에 손이 닿지 않아 누군가가 불을 붙여 줘야 했는데, 양반들은 '연동(煙童)'이라 불리는 어린 종을 데리고 다니다가 담배를 피울 때 불을 붙이게 했다고 합니다.

꾸준히 사랑받은 기호품, 차와 술

차 우리 조상들이 차를 마신 역사도 매우 오래되었습니다. 신라 흥덕왕 3년(828), 당나라에 사신으로 간 김대렴(金大廉)이 차 씨앗을 가져와 지리산에 심었다는 기록이 있는데, 그 뒤로 고려 시대까지 인기를 끌었답니다. 신라 때는 주로 왕족과 귀족, 선승과 화랑이 차를 마셨는데, 고려 때는 일반 백성들도 많이 마셨습니다. 하지만 조선 시대에는 차를 많이 생산하지 않았고, 중국에서 들여온 양도 적었습니다. 그러다 보니 차는 고약처럼 고아 연고를 만들어 쓰거나 배탈이 났을 때 먹는 약 정도로 인식되었지요. 그러다가 다산 정약용(丁若鏞, 1762~1836), 추사 김정희(金正喜, 1786~1856), 초의(草衣, 1786~1866) 선사 등이 차 마시는 문화를 다시 일으킵니다.

술 우리 조상들은 삼한(三韓) 시대부터 한 해의 수확과 복을 기원하며 곡식으로 맑은 술을 빚어 조상께 바쳤습니다. 한국의 전통술로는 청주, 탁주, 소주를 들 수 있는데, 술독에 용수를 박아 받아 낸 맑은 술은 '청주', 용수를 박지 않고 그냥 걸러 낸 뿌연 술은 '탁주'라 합니다. '소주'는 청주나 탁주 따위를 끓여 소줏고리로 내린 술로 도수가 높습니다. 우리 조상들은 매우 다양한 술을 마셨는데, 조선 후기의 서유구(徐有榘, 1764~1845)가 쓴 《임원경제지(林園經濟志)》에는 무려 170여 가지나 되는 술 이름이 나옵니다.

소주를 만들 때 쓰는 소줏고리(왼쪽)와 청주를 만들 때 쓰는 용수(오른쪽).

사내 대장부가 일을 벌여 성공하면
하늘에 오를 것이고
실패하면 땅으로 들어가는 것 아니겠소

부자 되기와 부자로 살기

2

이야기 ···

하
나

한양에서 제일가는 부자

성이 여씨(呂氏)인 아무개는 남산 밑에 사는 선비였다. 글 읽기를 좋아해 나랏일을 맡아볼 만한 재주가 있었으나 집이 가난해 등용되지 못했다. 여생 부부는 집을 판 돈으로 입에 풀칠을 하며 단칸방 사랑채에서 살았는데, 굶주림과 추위를 견디지 못한 여생이 아내에게 말했다.

"부인! 내 외출할 일이 있는데 걸칠 만한 옷이 있소?"

"참 딱도 하구려. 옷을 잡히고 돈을 빌린 게 옛날 아니우? 남은 것이라고는 지금 당신 몸에 걸친 누더기뿐이에요."

"허허! 하지만 가만히 앉아서 죽을 날만 기다릴 수야 없잖소. 입고 나갈 옷이 없으니 어떡한다지?"

"해진 도포가 한 벌 있긴 한데, 입고 나갈 수 있겠어요?"

“그거면 됐소.”

여생이 도포를 주섬주섬 입고 나서자 길거리에 모여 있던 아이들이 누덕누덕 기운 더러운 옷을 보고 손가락질하며 웃어 댔다.

여생이 종루 거리에 나가자 상인들이 길을 막고 무슨 물건을 팔러 왔느냐고 물었다. 여생은 팔 물건이 있는 사람처럼 가게로 들어가더니 상인에게 말했다.

“여보시오, 내가 물건을 팔러 나온 사람 같아 보이시우? 지금 한양에서 제일가는 부자가 누군지나 말해 주시오.”

옆에 모여 있던 상인들은 모두 다방골 김 동지가 최고 부자라고 대답했다. 여생은 곧장 그 집을 찾아갔는데, 김 동지는 과연 얼굴에 기름기가 흐르고 화려한 옷을 입고 있었다. 여생이 물었다.

“주인장이 근래 한양에서 가장 부자로 이름난 김 동지요?”

“그렇소이다.”

“내 부탁이 하나 있는데, 들어주시려오?”

김 동지는 양식이나 구걸하려는 것이겠거니 하며 말했다.

“그래, 무슨 어려운 일이 있소? 무엇인지 한번 들어나 봅시다.”

“평소 가진 포부를 한번 펼쳐 볼까 하는데 형편이 어렵다오. 내게 돈을 만 꿰미만 빌려 주시겠소? 만 꿰미가 못 되면 포부를 모두 펼 수 없으니 곤란하오.”

김 동지는 여생을 뚫어지게 바라보며 한참을 생각하더니 빌려 주겠다고 승낙했다.

“그러면 천 꿰미는 우리 집으로 실어다 주시오. 내 집으로 가서 그 돈을 아내에게 맡기고 오늘 중으로 포부를 펴기 위해 떠나겠소."

김 동지가 천 꿰미 돈을 내놓자 여생은 집으로 가서 아내에게 맡기며 말했다.

"부인! 이 돈으로 생계를 꾸리시오. 나는 오늘 집을 나서 십 년 뒤에나 돌아올 예정이오."

여생이 김 동지의 집으로 다시 가 보니 김 동지는 점심을 융숭하게 준비해 놓고 여생을 기다리고 있었다.

"그런데 대체 어디로 떠날 셈이오?"

"경상도로 가려 하오."

"내가 부리는 사람이 하나 있는데, 부지런하고 민첩하니 데리고 가겠소?"

"참 고마운 말씀이오."

"경상도에 내 물건을 판 돈을 실은 배가 몇 척 있는데, 내 이름을 말하면 바로 돈을 내줄 것이오. 그렇게 하면 돈을 실어 보내는 비용을 줄일 수 있지 싶소."

"그 역시 좋다 뿐이겠소."

김 동지는 깨끗한 옷을 한 벌 가져다주며 여생에게 갈아입도록 했다. 그러자 여생은 사양하지 않고 갈아입고는 다 해진 옷을 싸서 봇짐

* **도포(道袍)** 예전에 예복으로 입던 남자의 겉옷.
* **종루(鐘樓)** 조선 시대에 한성부의 중심이 되는 곳에 종을 달아 둔 누각으로, 현재 종로 네거리에 있는 종각을 말한다.
* **동지(同知)** 조선 시대 중추부에 속한 벼슬로, 동지중추부사(同知中樞府事)를 이르는 말.

속에 고이 간직하는 것이었다.

여생은 경상도와 전라도에서 나온 물건이 모여드는 곳을 찾아갔다. 그러고는 장이 설 때를 기다렸다가 늘 값을 후하게 쳐서 물건을 사들였다. 그러자 곧 장터에 나온 물건이 모두 그의 수중에 들어오게 되었다. 날마다 이런 방식으로 물건을 사들여 구천 꿰미의 돈이 바닥났을 무렵에는 경상도와 전라도의 물건들도 거의 다 동날 지경에 이르렀다.

물건이 더 이상 시장에 나오지 않자 여생은 그동안 사들인 것들을 비싸게 팔아 몇 배의 이득을 보았다. 여생의 장사 수완은 별다른 것이 아니라 그저 값이 쌀 때 사들였다가 비쌀 때 파는 것뿐이었다. 그렇게 몇 년 사이에 번 돈은 이루 헤아릴 수 없을 정도로 많았다.

그러던 어느 날, 여생이 큰길가에 있는 부잣집에 찾아가 객주를 삼자고 청했더니, 부자는 어렵다는 표정을 지었다.

"우리 집이 이 마을에서 가장 크기 때문에 돈 많은 장사꾼들이 자주 오갔지요. 그런데 지난 몇 년 동안 막돼먹은 놈들이 무리를 지어 다니며 해를 입히니 장사꾼들이 모두 발길을 끊어 버리고 아예 이 마을에 오지 않는답니다."

"그 도적들의 수는 얼마나 되며, 놈들의 소굴은 어디랍니까?"

"아마 수백 명은 족히 될 겁니다. 여기서 서쪽으로 십 리가량 가면 숲이 울창하고 가파른 산이 하나 있지요. 그 산을 따라 북쪽 골짜기로 들어가면 툭 트인 곳이 나온답니다. 그곳이 바로 도적들의 근거지입니다."

여생은 심부름꾼에게 돈을 맡기며 배가 머무르고 있는 곳으로 가라고 한 뒤 이렇게 약속했다.

"내가 어음을 보내거든 즉시 돈을 보내라. 그리고 시간이 얼마나 걸리든 나를 기다리고 있어야 한다. 절대 마음대로 그곳을 떠나서는 안 된다."

심부름꾼이 떠나자 여생은 혼자 부자가 알려 준 산으로 들어가서 도적 떼가 있는 곳을 찾기 시작했다. 여생은 산 중턱에서 돌문이 달린 땅굴을 발견했는데, 안으로 들어가 보니 굴이 점점 넓어졌다. 조금 더 안쪽으로 걸어가 보니, 초가집 사오십여 채가 눈앞에 펼쳐졌다. 머리털이 마구 흐트러지고 수염이 밤송이처럼 듬성듬성 난 사람들이 그곳에 우글거리고 있다가, 여생이 다가오는 것을 보고 놀라 몽둥이를 들고 나섰다.

"여보게들! 놀랄 것 없다네. 나는 포도청에서 나온 사람이 아닐세. 자네들을 잡으러 왔다면 왜 혼자서 들어왔겠나. 못 믿겠으면 돌문 밖으로 나가 나를 따라온 자가 있나 보면 될 것이네."

도적들이 나가 보니 과연 따라온 사람이 아무도 없었다. 도적들은 그제야 비로소 마음이 놓였는지 여생에게 물었다.

"우리를 잡으러 온 것이 아니라면 무슨 일로 이 먼 곳까지 찾아왔단 말이오?"

---

* **리(里)** 거리의 단위로, 일 리는 약 사백 미터에 해당한다.
* **어음** 일정한 금액을 일정한 날짜와 장소에서 치를 것을 약속하거나 제삼자에게 그 지급을 맡기는 문서.
* **포도청(捕盜廳)** 조선 시대에 범죄자를 잡거나 다스리는 일을 맡아보던 관아.

“자네들을 위해
할 일이 있어서 왔으니
나를 이 무리의 한 사람으로
받아들여 주겠는가?”
　그러자 도적들이 크게 기뻐하며
줄지어 절을 했다.
　“마침 수령을 잃고 우리를 이끌어 줄 사람이
없어 흩어질 참이었는데, 오늘 수령으로 모실 만한 분이
오셨으니 천만다행이올시다.”
　도적들은 여생을 제일 높은 자리에 앉히고 수령으로 떠받들었다.
그렇게 저렇게 하는 사이에 사흘이 지났는데, 도적이 여럿 와서 여생
에게 아뢰었다.
　“창고에 양식이 떨어진 지가 오래되었습니다. 무슨 뾰족한 대책이
없겠습니까?”
　이 말을 들은 여생은 곧바로 어음 스무 꿰미를 배가 있는 곳으로 보
냈다. 얼마 지나지 않아 돈이 오자 도적들은 크게 기뻐했다. 도적들이
그 돈을 다 쓰고는 돈이 다 떨어졌다고 보고하자, 여생은 다시 어음

서른 꿰미를 보내
돈을 받아 왔다. 그렇
게 여러 차례 돈을 받아 오
던 어느 날, 여생이 도적들에
게 물었다.

"너희들 중에 부모와 처자식을 둔 사람이 몇이더냐?"

"아마 절반은 될 것이옵니다."

"그럼 부모와 처자식은 어떻게 살아가느냐?"

그 말을 들은 도둑들은 모두 눈물을 흘렸다.

"저희들이 추위와 배고픔을 이기지 못해 집을 버리고 이곳에 들어
온 지 벌써 여러 해가 지났습지요. 그동안 식구들이 살았는지 죽었는
지도 모른 채 지냈습니다. 부모님과 처자식을 생각할 때마다 가슴만
미어질 뿐입니다."

여생은 이 말을 듣고는 돈 만 꿰미를 가져오게 하여 도적들 한 사
람에게 백 꿰미씩 나눠 주었다.

"이 돈을 가지고 집에 가서 식구들을 먹여라. 그리고 곡식 씨앗과
농기구를 구하는 대로 사 가지고 언제까지 이곳으로 오너라."

도적들은 감동하여 눈물을 흘리며 각자 흩어졌다.

기한이 되자 도적들은 여생의 말대로 곡식 씨앗과 농기구를 두루
마련해 왔다. 여생은 도적들과 배가 있는 곳으로 가서 일소 사오십 두
를 구해 배에 태우고 서남쪽 큰 바다로 나갔다. 그러다가 초목이 무성
하고 폭이 십여 리가 되는 섬을 발견하고는 그 섬에 배를 댔다. 여생
은 그 섬에서 도적들과 힘을 합쳐 초가집을 짓고 땅을 일궈 농사를 지
었는데, 그해에는 곡식을 평소보다 열 배나 거두어 자그마한 언덕만

큼 노적가리를 쌓을 수 있었다.

이처럼 몇 년 동안 농사를 지었는데, 어느 해에 함경도 지방에 흉년이 들자 나무를 잘라 배를 만들어 곡식을 싣고 가서 팔았다. 또 몇 년 뒤 황해도와 평안도 백성들이 크게 굶주리자 다시 곡식을 싣고 가서 교역을 했다. 그렇게 해서 벌어들인 돈이 셀 수 없을 정도로 많았다. 게다가 들에 소를 놓아먹였는데, 그 소들이 새끼를 쳐 수백 두를 헤아릴 정도였다.

그러던 어느 날, 여생은 돈이며 곡식이며 소를 배에 싣고 경기도 해안으로 가서 도적들에게 말했다.

"너희들은 모두 양민인데, 하필 도적질을 일삼을 필요가 있겠느냐? 이제 그만 집으로 돌아가거라."

그러고는 사람마다 오백 꿰미의 돈에다 곡식과 소를 나눠 주었다. 도적들은 감격하여 절을 하고 눈물을 닦으며 각자 흩어졌다.

도적들이 다 돌아간 뒤 여생이 하인과 함께 남은 돈을 셈해 보니 백만 꿰미 가까이 되었다. 다시 배를 띄워 한강 위에 닻을 내린 여생은 하인에게 배를 지키라 하고 봇짐에서 다 해진 옷을 꺼내 입은 뒤 곧장 김 동지 집에 찾아갔다. 여생이 한양을 떠난 지 꼭 십 년 만의 한양 나들이였다.

• 일소 일을 시키기 위해 기르는 힘이 센 소.
• 두 소나 말 따위의 짐승을 세는 단위.
• **노적가리** 한데 수북하게 쌓아 둔 곡식 더미.
• 양민(良民) 조선 시대에 양반과 천민의 중간 신분으로 천한 일에 종사하지 않던 백성.

여생을 본 김 동지가 깜짝 놀라며 물었다.

"어찌하여 이 꼴이 되었소?"

"내 다소 여유가 있어 옷 한 벌이야 충분히 마련할 수 있지만, 옛날을 잊지 않는다는 뜻으로 갈 때 싸 둔 옷을 다시 꺼내 입은 것일 뿐이니 너무 신경 쓰지 마시오."

김 동지가 떡 벌어지게 대접하자 여생은 그동안 있었던 일들을 모두 이야기했다.

"당신은 정말로 재능이 많은 선비인 것 같은데, 농사와 장사를 조금 시험해 보는 데 그쳤으니 참으로 애석하구려."

그러더니 김 동지는 여생이 그동안 번 돈을 반으로 나누자고 하는 것 아닌가. 여생은 사양하며 말했다.

"그럴 것 없소. 나도 이제 늙었으니 날마다 돈 한 꿰미씩만 주어 여생을 마치도록 해 주시오. 그저 먹고 입는 것만 걱정하지 않았으면 할 뿐이라오."

"그야 물론 명대로 거행하다 뿐이겠소."

여생이 김 동지 집에서 나와 자기 집을 찾아가 보니, 단칸집은 온데간데없고 커다란 집 한 채가 거기에 있었다. 여생이 문밖에서 서성이며 안을 기웃거리자 하인이 나와 어디서 온 손님인지 물었다.

"이 집은 누구 댁인가?"

"양반 댁입지요."

"지금 주인이 계시는가?"

"바깥어른은 집을 나가신 지 십 년이 지났으나 아직 돌아오시지 않고 안방마님만 계십니다요.”

“그래! 이놈아, 바로 내가 이 집 주인이니라.”

그러더니 여생은 집 안으로 불쑥 들어가 아내를 만났다. 십 년 만에 만난 여생 부부는 서로 손을 잡고 눈물을 흘렸다.

“아니, 여보, 어떻게 이런 큰 집을 지었소?”

“당신이 준 천 꿰미 가운데서 다섯 꿰미로 하인을 들이고, 사백 꿰미로 집을 짓고 집안을 일으켰습니다. 나머지 돈으로 먹고살았는데, 그동안 번 것이 수십만 냥이나 되었습니다.”

“하하하, 적은 돈을 가지고 큰 돈벌이를 했으니 당신이 나보다 훨씬 낫구려.”

이야기 … 둘

옛날에 한 무관이 있었다. 춘당대에서 활쏘기 시험으로 사람을 뽑는 날, 이 무관이 임금의 경호를 담당했는데, 그때 마침 제주 목사를 파면하는 문서가 들어왔다. 그러자 무관이 동료들에게 말했다.

"내가 제주 목사가 된다면 고금에 없는 청렴함으로 백성을 다스릴 뿐만 아니라, 천하제일로 욕심을 차릴 수도 있을 텐데!"

동료들은 그의 말을 듣고 어리석다고 비웃었으나, 임금은 누가 그 말을 했는지 찾도록 했다. 무관이 감히 임금의 명령을 속이지 못하고 땅에 엎드려 자백했다.

"아이고! 제가 감히 그렇게 말했사옵니다."

"고금에 없을 만큼 청렴하게 다스리는데 어찌 탐욕을 부릴 수 있으며, 탐욕을 부리는데 어찌 천하제일의 정치를 베풀 수 있는고?"

"저는 그렇게 할 수 있는 방법을 알고 있사옵니다."

그러자 임금이 웃으면서 특별히 그를 제주 목사에 파격적으로 임명하고 이렇게 말했다.

"제주도에 가거든 모름지기 고금에 없을 만큼 청렴하게 제주도를 다스리는 동시에 천하제일의 탐욕가가 되어라. 그렇게 하지 못한다면 망령된 말을 한 죄로 네 목을 벨 것이다."

무관은 임금의 명을 받들고 집으로 돌아온 뒤 밀가루를 많이 사서 치자 물을 들여 떡을 빚었다. 그런 다음 떡을 대바구니 속에 가득 채워 넣어 세 바리를 만들었는데, 다른 짐이라곤 옷가지뿐이었다.

짐을 다 꾸린 무관은 조정에 하직 인사를 올리고 제주도로 떠났는데, 시중드는 사람은 하인 하나밖에 없었다. 제주도에 부임한 무관은 재판에서 공평한 판결을 내렸고, 아침과 저녁을 먹는 것 말고는 술 한 잔 마시지 않았다. 그리고 창고에 남은 것이 있으면 모두 관아를 고치는 데 썼으며 제주도에서만 나는 물건은 육지로 가져가지 않았다.

그렇게 일 년이 지나자 아전과 백성 모두 제주도가 생긴 이래 처음 있는 청백리라며 제주 목사를 칭찬했다. 제주 목사는 나라의 명령을 지키고 법으로 금한 것은 함부로 어기지 않아 온 제주도가 평안했다.

그러던 어느 날, 제주 목사가 갑자기 병이 났다며 아랫사람들에게 일을 맡긴 뒤 방으로 들어가 버렸다. 날이 갈수록 제주 목사의 병세는 더욱더 나빠져 아예 음식을 먹지 않았는데, 어두운 방에 앉아 신음하는 소리가 끊이지 않았다.

아침저녁으로 벼슬아치들이 문안 인사를 드리러 왔지만, 제주 목사는 얼굴조차 내밀지 않았다. 벼슬아치들은 제주 목사의 병환이 어떤지 알기 위해 간곡하게 뵙고자 안달했다.

"사또님의 병환이 무엇 때문에 생겼는지 알 수 없으나, 제주도에도 의사와 약이 있는데 어찌하여 맥을 짚어 보고 치료하지 않으십니까?"

제주 목사가 한참 뒤에 기어 들어가는 목소리로 말했다.

"내 어렸을 때 이 병에 걸려 우리 집안 재산이 모두 약값으로 들어갔다네. 그때 치료한 뒤로 거의 이십 년 동안 다시 발병하지 않아 완쾌했다고 생각했는데……. 지금으로선 병을 고칠 길이 없으니 죽기만 기다릴 뿐이라네."

"대체 무슨 병에 걸리셨으며, 또 약은 무엇입니까? 사또님의 병환이 이와 같으니 사람의 넓적다리를 베고 심장을 갈라 약으로 쓰는 한이 있어도 아까워하지 않을 것이옵니다. 하늘로 올라가고 땅속으로 들어가서라도 반드시 약을 구해 올 것이니, 약이 무엇인지 알려 주십시오."

"내 병은 단독이고, 약은 우황이라네. 우황 몇십 근으로 떡을 만들

* **무관**(武官) 군에 적을 두고 군사 일을 맡아보던 관리.
* **춘당대**(春塘臺) 창경궁 안에 있는 곳으로, 옛날에 이곳에서 과거를 실시했다.
* **목사**(牧使) 조선 시대에 관찰사 밑에서 지방을 다스리던 관리.
* **치자**(梔子) 치자나무의 열매로, 열을 내리는 효능이 있어 여러 출혈 증상과 황달, 오줌 양이 적고 잘 나오지 않는 증상 등을 치료하는 데 쓴다.
* **바리** 마소의 등에 잔뜩 실은 짐을 세는 단위.
* **아전**(衙前) 조선 시대에 중앙과 지방의 관아에 속한 구실아치.
* **청백리**(淸白吏) 재물에 대한 욕심이 없이 곧고 깨끗한 관리.
* **단독**(丹毒) 피부나 상처 부위로 세균이 들어가서 열이 나고 얼굴이 붉어지며 부어서 통증을 일으키는 병.
* **우황**(牛黃) 소의 쓸개 속에 병으로 생긴 덩어리로, 열을 없애고 독을 푸는 작용을 한다.

어 온몸에 붙이면 되는데, 날마다 서너 차례 새 약을 만들어 나흘이나 닷새 정도 붙이면 곧 나을 것이네. 우리 집안이 자못 넉넉했지만 이 때문에 풍비박산이 나서 다시 일어설 수 없는 상태가 되었다네. 그러니 이제 어느 곳에서 다시 우황을 얻어다 붙일 수 있겠는가?”

“사또님! 우황은 제주도의 토산물이라 구하기 어렵지 않습니다.”

좌수 하나가 그렇게 말하고는 곧 밖으로 나가더니 제주 곳곳에 명령을 내렸다.

“사또께서 병을 앓고 계시니 낫게만 할 수 있다면 온 힘을 다해야 할 것이다. 그런데 치료 약이 우황이라 한다. 우황은 우리 지역의 토산물이어서 그리 귀하지 않으니, 누구든 많고 적고를 가리지 말고 있는 대로 모두 바치도록 할지어다.”

백성들이 그 명령을 듣고 앞다투어 와서 우황을 바치니 하루 사이에 모인 것이 몇백 근인지 알 수 없을 정도였다. 제주 목사의 청지기는 백성들이 가져온 우황을 받아 대바구니에 담았고, 그것을 제주로 올 때 싣고 왔던 치자 떡과 바꿔치기한 뒤 매일 치자 떡을 그릇에 담아 땅에 묻었다.

“이 가까이 오면 독기에 쏘여 얼굴과 눈이 모두 상할 것이니 절대 가까이 오지 마시오.”

그와 같이 대엿새가량 하고 나니 제주 목사의 병세에 차도가 있었는데, 곧 일어나 업무를 보게 되었다. 제주 목사가 예전처럼 청렴하고 공평하게 제주도를 잘 다스리다가 임기를 마치고 한양로 돌아가게 되자, 제주 백성들은 비석을 세워 공덕을 기렸다. 제주 목사는 한양에 돌아온 뒤 우황을 팔아 수천금을 얻었다고 한다.

제주도의 소는 열에 여덟아홉은 우황이 있어 제주도에서는 우황이 무척 흔했다. 제주 목사는 이 사실을 알고 미리 치자 떡을 준비하여 꾀를 부린 것이고, 관아의 벼슬아치들은 감히 가까이 가지 못하고 멀리서 누런 것만 보고 우황으로 여긴 것이다. 제주 목사는 그 때문에 집안 형편이 매우 넉넉해졌다고 한다.

● **좌수(座首)** 조선 시대 지방 자치 기구인 향청(鄕廳)의 우두머리. 대개 그 지방 출신으로 수령을 돕는다.

이야기 · · ·
셋

참다운 영웅호걸 남경 장사꾼

옛날에 성이 정씨(鄭氏)인 큰 장사꾼이 있었다. 그는 늘 중국 북경(北京)에 가서 장사를 했는데, 성미가 호방하여 이리저리 재물을 다 써 버리고 나중에는 평양 감영에 칠만 냥을 빚졌다. 정씨는 황해도와 평안도의 감영에 갇혔다가 풀려나온 뒤 간신히 돈을 마련하여 오만 냥은 갚았으나 이만 냥은 여전히 빚으로 남아 있었다.

평양 감사는 나머지 돈을 빨리 갚으라고 정씨를 옥에 가뒀다. 그러나 재산을 이미 다 탕진한 정씨는 달리 방법이 없어 이런 글을 올렸다.

제가 옥에 갇혀 있으면 부질없이 죽어 돈을 갚을 수 없게 될 뿐이니 이로울 것이 하나도 없사옵니다. 제게 이만 냥을 한 번만 더 빌려 주시면 삼 년 안에 반드시 사만 냥으로 갚겠습니다. 제가 감히 속이기야 하겠습니까?

정씨의 말을 들은 감사는 기특하게 여겨 빌려 달라는 대로 돈을 내줬다. 돈을 받은 정씨는 의주(義州)에서부터 부잣집들을 찾아다니며 그 인근에 집을 샀다. 그런 다음 그 집에 머물면서 부자들과 사귀었는데, 좋은 술과 좋은 안주를 대접하니 부자들은 모두 정씨를 좋아하고 믿게 되었다.

정씨는 좋은 말재주로 부자들을 꼬드겨서 돈을 빌렸는데 적게는 수십 냥, 많게는 백 냥까지도 빌렸다. 정씨는 돈 갚을 날을 미리 정해 두고 그날이 오면 어김없이 돈을 갚았다. 관서 지방에 정씨에게 돈을 빌려 주고 이자를 받는 집이 백 집 남짓 되었는데, 돈을 갚지 않거나 날짜를 어기는 일이 없자 모두들 정씨를 단단히 믿었다.

덕분에 정씨는 한 번에 육칠만 냥이나 되는 돈을 빌릴 수 있었다. 정씨는 일단 인삼과 값비싼 털가죽을 사고, 나머지 돈으로는 기운이 센 말을 사서 짐을 싣고는 북경으로 장사를 떠났다. 정씨가 머문 객주 주인은 밑천을 많이 가지고 크게 장사를 하던 장사꾼이었는데, 의리가 있었다. 그래서 정씨는 주인에게 자신의 속내를 털어놓았다.

"이 물건을 싣고 남경에 가면 틀림없이 백 배의 이문을 볼 거요. 사내대장부가 일을 벌여 성공하면 하늘에 오를 것이고, 실패하면 땅으로 들어가는 것 아니겠소? 그대는 내 속마음을 알 테니 나와 함께 길을 나서지 않으려오?"

그러자 객주 주인은 고개를 끄덕이며 흔쾌히 승낙했다. 정씨는 객주 주인과 함께 견고한 배를 한 척 빌려 물건을 싣고 중국 북경 근처의 통주(通州)에서 출발했다. 배는 순풍을 타고 거침없이 나가 열흘이

채 되지 않아 양주강(楊州江)에 당도했다. 정씨는 그 지방 사람이 쪽배
를 저어 지나가는 것을 보고 곧 건장한 사람 몇과 함께 작은 배로 갈
아타고 뒤를 쫓아갔다. 그러고는 그 쪽배에 뛰어들어 그 사람을 묶은

* **감영(監營)** 조선 시대에 관찰사(觀察使)가 업무를 보던 관아.
* **관서(關西)** 평안도와 황해도 북부 지역을 이르는 말.
* **남경(南京)** 중국 역대 왕조의 도읍지로, 경치가 빼어나고 역사적인 유적이 많다.
* **쪽배** 통나무를 쪼개어 속을 파서 만든 작은 배.

다음, 이것저것 물어 자세히 알아보고 나서 싣고 온 물건을 넉넉히 주어 그의 마음을 샀다.

그러자 그 사람도 감사하게 생각했다. 정씨는 자신이 마음먹은 일을 이루면 신세를 단단히 갚겠노라고 약속했다. 그러자 그 사람도 하늘을 가리켜 맹세하면서 정씨를 위해 목숨도 바치겠노라고 다짐했다. 정씨는 양주강에서 조수를 따라 들어가 곧장 남경에 당도했는데, 마침 그 사람의 집이 강변에 있어 그곳에 배를 댔다.

이튿날 아침 정씨는 눈치 빠른 뱃사람 몇에게 중국옷을 입힌 다음 그들을 데리고 중국 사람을 따라 성안으로 들어갔다. 십 리에 걸쳐 높은 집들이 빽빽했는데, 모두 보물 가게라 금은보화가 산처럼 쌓여 있었다. 중국 사람은 정씨를 이끌고 한 약방으로 들어가더니 그를 소개했다.

"이 사람은 조선 사람으로 귀중한 재물을 많이 가지고 왔는데 몰래만 살 수 있소. 그러니 부디 소문을 내지 마시오."

약방 주인은 크게 기뻐하며 함께 계를 붓는 부자들을 불러 물건을 사겠노라고 약속했다. 정씨는 가져간 인삼과 털가죽을 약방에 죽 펼쳐 놓았는데, 하나같이 질이 좋았다. 남경에서는 조선 인삼을 귀하게 여겼기 때문에 약방 주인이 치른 인삼 값은 조선에서 받을 수 있는 액수의 열 배나 되었다. 그리하여 정씨는 단번에 큰돈을 벌었다.

• **계(契)** 주로 경제적인 도움을 주고받거나 친목을 도모하기 위해 만든 협동 조직.

정씨는 중국 사람에게 넉넉히 대가를 치른 뒤 북경으로 돌아와, 객주 주인에게 수천 냥의 돈을 나눠 주고 뱃사람들에게도 천 냥씩 주었다. 그러고는 조선으로 돌아왔는데, 겨우 몇 달 사이의 일이었다.

정씨는 감영에 사만 냥의 은을 다 갚고 부자들에게서 빌린 돈도 이자까지 붙여 다 갚아 주었다. 그런 뒤에도 남은 돈이 족히 몇 만 냥이나 되었다. 감사를 만난 정씨는 빚을 다 갚았으니 이만 집으로 돌아가겠노라고 아뢴 뒤, 남경에서 가져온 보물 다섯 바리를 내놓았다. 감사는 깜짝 놀라며 감탄해 마지않았다.

"이 사람이야말로 참다운 영웅호걸이로다. 내 이렇게 아까운 사람을 놓칠 수 없지."

감사는 정승에게 정씨를 천거했는데, 그 덕분에 정씨는 벼슬길에 올랐다고 한다.

이야기 …
넷

집안의 **재산**은 **안사람**이 일군 **덕**

옛날에 성이 허씨인 유생이 경기도 여주(驪州) 땅에 살고 있었다. 유생은 집안이 몰락하여 몹시 가난하게 살았지만, 성품은 매우 어질고 덕망이 두터웠다. 그는 아들을 셋 두었는데, 자식들에게 열심히 글공부를 시키고 자신은 여기저기 돌아다니며 양식을 구걸해 끼니를 이었다. 유생은 어질고 착하다는 소문이 나서, 아는 사람이든 모르는 사람이든 그가 찾아가면 잘 대접하고 양식도 넉넉하게 챙겨 주었다.

그런데 몇 년 뒤 전염병이 돌 때 유생 부부가 함께 죽고 말았다. 유생의 세 아들은 밤낮으로 울부짖고 흐느끼다가 어렵사리 돈을 마련하여 간신히 장례를 마쳤다. 삼년상을 치르자 집안 형편은 말할 수 없을 정도로 어려워졌다. 견디다 못한 둘째 아들 홍(弘)이 형과 아우에게 말했다.

“예전에는 아버지께서 친지와 이웃에게 인심을 얻은 덕분에 주변의 도움을 받아 우리 형제가 요행히 굶어 죽는 것을 면할 수 있었습니다. 이제 아버지께서 돌아가신 지 삼 년이나 지났으니 그런 도움을 바랄 수 없습니다. 지금 같은 형편이라면 우리 형제가 모두 굶어 죽는 것 말고는 다른 계책이 없을 것 같으니, 각자 살길을 찾아보는 것이 좋겠습니다.”

둘째의 이야기를 들은 형이 말했다.

“우리가 어릴 적부터 해 온 일이라곤 글공부밖에 없지 않느냐? 장사를 하거나 농사를 지으려면 밑천이 있어야 할 텐데, 돈도 없을뿐더러 방법도 모르니 장차 어찌해야 할지 모르겠구나. 배고픔을 참으면서 글공부하는 것 말고는 다른 길이 없을 듯하다.”

그러사 둘째가 말했다.

“사람의 식견이 다 다르니 각자 좋아하는 일을 했으면 합니다. 다만 우리 셋 모두 글공부만 한다면 제명에 못 죽고 모두 굶어 죽을 게 뻔합니다. 형님과 아우는 기질이 몹시 약하니 다시 글공부에 힘쓰는 것이 좋을 듯합니다. 대신 저는 앞으로 십 년 동안 온 힘을 다해 우리 형제가 의지하고 살아갈 재산을 모으겠습니다.

당분간 형수님과 제수씨는 친정에 가서 지내시고, 형님과 아우는 책을 지고 산에 올라가 스님들이 먹고 남은 음식을 걸식하며 글공부에 전념했으면 합니다. 그리고 십 년 뒤에 모두 다시 만나는 것이 좋겠습니다. 지금 밑천으로 삼을 만한 것은 집 한 채와 보리밭 세 마지기, 그리고 어린 노비 한 명뿐입니다. 모두 조상님께 제사를 드릴 때 필요한 것들이지만 우선은 잠시 재산을 불릴 밑천으로 쓰겠습니다. 계획한 일을 마치면 당연히 조상님께 제사를 드릴 때 쓰도록 하지요."

세 형제는 그날로 눈물을 뿌리며 서로 이별했다. 형과 아우는 산속의 절로 가고, 형수와 제수는 친정으로 돌아갔다. 둘째 허홍은 아내가 시집올 때 가져온 물건들을 내다 팔아 여덟 냥 남짓을 받았다. 허홍은 그 돈으로 미역을 사서 등에 지고 아버지가 생전에 양식을 구걸하던 친지들을 찾아가 미역을 주고 면화를 받아 왔다. 마침 면화가 풍년인 데다가 친지들이 허홍을 가엾게 여겨 면화를 넉넉하게 받을 수 있었다.

허홍은 좋고 나쁨을 가리지 않고 주는 대로 면화를 받아 몇 백 근을 모았다. 그러고는 아내에게 면화로 실을 내어 옷감을 짜게 하고 자신은 그 옷감을 내다 팔았다. 그러는 동안 날마다 죽만 두 그릇씩 쑤어 먹었는데, 한 그릇은 아내와 반씩 나눠 먹고 한 그릇은 여종에게 주었다.

"허기를 참기 어려우면 이 집에서 나가도 좋다. 원망하지 않으마."

그러자 여종이 울면서 말했다.

"상전께서 반 그릇을 드시는데, 제가 한 그릇을 먹으면서 어찌 배가

---

* **유생**(儒生) 유학(儒學)을 공부하는 선비.
* **삼년상**(三年喪) 부모의 상을 당해 삼 년 동안 상복을 입고 상을 치르는 일.
* **마지기** 논밭 넓이의 단위로, 한 마지기는 볍씨 한 말의 모 또는 씨앗을 심을 만한 넓이이다.
* **면화**(綿花) 한해살이풀로, 면화씨에 달라붙은 털 모양의 흰 섬유질을 모아 솜을 만든다.

고프다고 할 수 있겠습니까? 굶어 죽
을지라도 나갈 생각이 없나이다."

여종은 허홍의 아내와 함께 열심
히 옷감을 짰다. 허홍은 자리를 짜거
나 짚신을 삼으며 밤낮없이 쉬지 않고 일을 했다. 가끔 손님이 찾아와
도 나가 보지 않고 울타리 밖에 앉을 자리를 내주고는 이렇게 말했다.
"제가 이러는 것을 나무라지 마십시오. 십 년 뒤에 서로 만납시다."

그렇게 삼사 년을 지내니 재산이 조금 모였는데,
마침 집 앞에 팔려고 내놓은 논밭이 있어 허홍
은 달라는 값을 치르고 사들였다. 봄이 와서
논밭을 갈 때가 되자 허홍이 말했다.

"논밭이 넓지도 않은데 어찌 사람을 사
겠는가. 내가 직접 가는 것이 옳겠는데, 농
사짓는 방법을 모르니 어찌하면 좋을까?"

허홍은 이웃에 사는 늙은 농부를 융숭히 대접하고
는 논밭 가는 법을 알려 달라고 부탁했다. 그리고 농부가 알려 주는
대로 논밭을 갈아 씨를 뿌렸다. 허홍은 다른 사람보다 세 배나 더 많
이 일을 했기 때문에 가을에 추수할 때 다른 사람보다 두 배를 더 거
둘 수 있었다.

허홍은 밭에 담배도 심었는데, 마침
그해에 가뭄이 지독히 들었다. 인
근 지역의 담뱃잎은 모두 말라

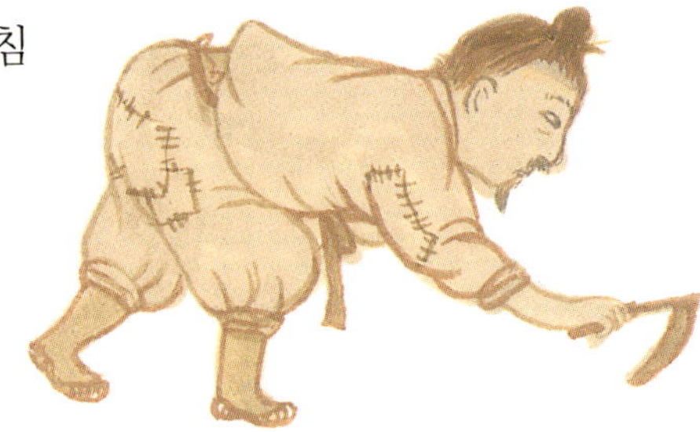

86

손실이 컸지만 아침저녁으로 물을 대 준, 허홍의 밭에는 담배 싹이 무성하게 자라 한양의 장사치들이 미리 수백 금을 주고 사 갔다. 두 번째 심은 담배도 싹이 무성하게 나와 또 후한 값을 받을 수 있었다. 그리하여 담배 농사로 본 이익이 거의 사오백 금에 달했다.

오륙 년쯤 이렇게 지내니, 세월과 함께 재산도 점점 불어나 쌓아 둔 노적가리만 사오 백 석이었고, 사방 백 리 안에 있는 논밭이 모두 허홍의 소유가 되었다. 그런데도 허홍은 여전히 검소하게 입고 아껴 먹었다.

한편, 형과 아우는 절에서 내려와 허홍을 만나러 왔다. 그런데 아내가 밥을 지어 대접하려 하자 허홍이 갑자기 눈을 부릅뜨고 꾸짖으며 밥 대신 죽을 쑤어 오라고 했다. 그 광경을 본 형이 노하여 꾸짖었다.

"네가 이처럼 부유하게 살면서 우리에게 밥 한 그릇 먹여 줄 수 없다는 말이더냐?"

그러자 허홍이 말했다.

"제가 이미 십 년으로 기한을 정했으니, 그때가 되기 전에는 절대로 밥을 먹지 않기로 맹세했습니다. 그러니 형님께서도 십 년이 지난 뒤에나 저희 집에서 밥을 드실 수 있습니다. 형님께서 화를 내신다 해도 저는 개의치 않겠습니다."

그 말을 들은 형은 매우 화가 나서 죽도 먹지 않은 채 다시 절로 돌아가 버렸다.

이듬해 봄에 형과 동생은 동시에 소과에 합격했다. 그 소식을 들은 허홍은 축하 잔치를 벌이는 데 필요한 비용을 마련해 한양으로 갔다. 그러고는 광대를 불러 과거장에 가서 잔치를 벌였는데, 잔치가 끝나자마자 광대에게 이렇게 타일렀다.

"우리 형제들이 소과에 급제했지만 앞으로 대과가 남아 있기 때문에 당장 산에 올라가 공부해야만 하네. 잔치도 오늘로 끝이 났으니 자네들이 여기 머물러 있은들 유익할 것이 없다네. 각자 돌아가는 것이 좋을 것이야."

허홍은 광대들에게 돈을 몇 냥씩 주어 보내고는 형과 아우를 다시 절로 돌려보내며 말했디.

"약속한 십 년이 아직 못 되었으니 지금 당장 절로 돌아가셔서 기다리셨다가, 기한이 되면 내려오시는 것이 좋겠습니다."

드디어 십 년의 세월이 지났을 때 허홍은 큰 부자가 되어 있었다. 허홍은 고운 비단을 골라 남녀의 옷을 각각 두 벌씩 새로 지었다. 그리고 형수와 제수의 친정에 사람을 보내 짐을 챙기도록 하고는 약속한 날에 형수와 제수를 모셔 왔다. 절에도 사람을 보내 형과 아우를 모셔 왔다. 온 가족이 한방에 모여 단란하게 며칠을 보낸 뒤 허홍이 형과 아우에게 말했다.

"이 방은 좁고 작아서 함께 지내기 힘듭니다. 제가 마련해 둔 곳이 있으니 그곳에 거처하시는 것이 좋겠습니다."

모두 허홍이 마련한 곳으로 함께 행차했는데, 몇 리쯤 가서 언덕을 하나 넘으니 아래의 큰 마을에 크고 너르게 잘 지은 집이 보였다. 안채는 세 구역으로 나뉘어 있었고, 바깥채는 한 구역으로 매우 넓었다.

"이 집은 누구의 집인데 이처럼 크고 화려한 것이냐?"

형이 묻자 허홍이 대답했다.

"집사람에게도 비밀로 하며 제가 마련한 집입니다."

그러더니 하인을 시켜 나무 상자 다섯 개를 들고 오게 하고는 형 앞에 놓으며 말했다.

"이것은 땅문서입니다. 이제 우리 형제들이 똑같이 땅을 나누는 것이 좋겠습니다. 다만 집안의 재산이 이처럼 늘어난 것은 모두 제 안사람의 덕택이라 그 노고에 보답하지 않을 수 없습니다."

허홍은 스무 마지기의 논문서를 아내에게 주고, 세 사람은 각각 쉰 마지기씩 나눠 가졌다. 그 뒤로 삼 형제의 아내들은 각각 안채의 한 구역씩을 차지하고, 형제들은 한방에서 함께 지내니 그 즐거움은 비길 데가 없었다. 입고 먹는 것을 아끼지 않고, 이웃 마을에 사는 가난한 친척에게 두루 베풀어 주니 모두들 허홍 형제를 칭찬했다.

그러던 어느 날 허홍이 문득 슬퍼하면서 흐느꼈다. 형이 이를 이상하게 여겨 물었다.

"이제 우리가 아무런 걱정 없이 남부럽지 않게 잘살게 되었는데, 무

* **소과**(小科) 생원과 진사를 뽑던 과거 시험.
* **대과**(大科) 과거의 문과와 무과를 소과에 상대하여 이르던 말.

슨 부족함이 있어 이처럼 서럽게 운단 말이냐?"

"형님과 아우는 과거 공부를 하여 이미 소과에 급제했습니다. 그러나 저는 재산을 모으느라 글공부를 전혀 하지 못했으니, 어리석은 사람에 불과합니다. 돌아가신 부모님께서 제게 바라던 바를 아무것도 이루지 못했으니, 어찌 슬프고 가슴 아픈 일이 아니겠습니까? 이제 나이가 많이 들어 글공부를 다시 시작할 수 없으니 붓을 버리고 무엇을 하는 것이 옳을지 모르겠습니다."

허홍은 그날부터 활과 화살을 준비해 활

쏘기를 익혔다. 그러고는 몇 년 뒤에 무과에 급제해 한양에서 벼슬을 구했다. 처음에는 한양에 있는 관아에서 벼슬살이를 하더니, 얼마 뒤에는 다시 품계가 올라 황해도 안악(安岳) 군수가 되었다. 그런데 부임할 날을 앞두고 갑자기 아내가 죽고 말았다. 허홍이 탄식하며 말했다.

"내 녹을 받고 있지만 부모님이 계시지 않으니, 부모님을 봉양할 수 없었다. 그런데도 벼슬살이를 하고자 한 것은 평생 동안 고생한 늙은 아내를 한 번이라도 영화롭게 지내도록 해 주고 싶었기 때문이었다. 그런데 이제 아내마저 죽었으니 안악 군수가 된들 무엇하겠는가!"

허홍은 그렇게 말하고는 조정에 글을 올려 벼슬을 그만두고 시골로 내려가 일생을 마쳤다고 한다.

* 녹(祿) 벼슬아치에게 일 년 또는 계절 단위로 나눠 주던 돈과 물품.

이야기 …

다섯

스스로 비장이 된 양반

옛날에 하는 일 없이 빈둥빈둥하며 놀기만 하는 사람이 있었는데, 좋아하는 것이라곤 술 마시는 게 전부였다. 그러다 보니 집안 형편이 어려워질 수밖에 없었는데, 하루는 그의 아내가 이렇게 말했다.

"옛사람이 이르기를, 남자는 움직여야 한다고 했어요. 어쨌든 움직여야 이익을 보거나 손해를 보거나 할 게 아닌지요. 그런데 당신은 허구한 날 방구석만 지키고 있으니, 정말 딱도 하십니다그려. 사람들 말을 들어 보니 이 근처에 사는 김 판서 대감의 권세가 높다고 합디다. 우선 가서 찾아뵙고 그 댁에 출입해 보시는 게 어떠실는지요?"

남편은 이러고저러고 변명할 말이 없어서 옷을 주섬주섬 주워 입고 집을 나섰다. 그러나 갈 만한 데가 한 곳도 없자 약국에 들러 주인에게 이렇게 부탁했다.

“내 할 일이 없던 차에 마침 댁에서 손님을 잘 대접한다는 소문을 들었소. 종종 여기에 와서 놀아도 좋겠소?”

그 말을 들은 약국 주인은 그렇게 하라고 허락했다. 그날부터 그는 날마다 약국에 나가서 시간을 보냈다. 그리고 아내가 자신의 말대로 하는지 물으면 이렇게 대충 얼버무렸다.

“임자 말대로 김 판서 대감을 뵈었는데, 옛 동무를 만난 듯 잘 대해 주시고 나를 매우 총애하신다네. 대감께서 평양 감사가 되면 나를 비장으로 삼겠다고 하니 이보다 가깝게 여길 수 있겠는가?”

아내는 못내 기뻐하면서 자신은 무명베로 만든 치마조차 제대로 두르지 못했으면서도 남편의 옷차림은 잘 갖춰 입혔다. 이러구러 몇 년이 흘렀다. 남편은 항상 약국에 가서 노느라 정작 김 판서 댁 대문이 어디에 붙어 있는지조차 몰랐다.

어느 날 마을에 사는 노파가 우연히 이 집에 들렀다.

“요즘 어떻게 지내고 계신가요?”

“글쎄, 내 아들이 김 판서 댁 하인 아니겠소. 그런데 어제 대감께서 평양 감사가 되셨다고 하니 조만간 좋은 일이 있지 않을까 싶소.”

그 말을 들은 아내가 놀라 물었다.

“아니, 김 판서 댁이라면, 저 건너 동네의 아무 방향으로 난 대문 집에 사시는 나이가 육순이요, 함자가 무엇이신 아무개 대감 말인가요?”

“바로 그 대감이 맞소. 어떻게 그 대감님을 그리 자세히 아오?”

“제가 어찌 그 대감을 모르겠어요! 우리 바깥양반과 아주 가까운 사이랍니다.”

때마침 남편이 집에 들어오자 아내가 기뻐하며 말했다.

“김 판서 대감께서 평양 감사로 가신다고 하니, 당신도 이제 비장으로 가실 수 있게 되었구려.”

남편은 김 판서를 한 번도 만나 보지 못했지만 아내가 그렇게 묻자 졸지에 우물쭈물하면서 말했다.

“곧 당신이 말한 것처럼 될 것이오.”

그러자 아내는 더욱 반가워하며 물었다.

“그러면 길 떠나는 여장은 제각기 마련해야 한답니까?”

“그건 그래야 하지 않겠소? 그런데 이거 참! 떠날 날이 며칠 남지 않았는데, 어떻게 채비한다지?”

“당신은 걱정하지 마세요. 친정에서 비장의 법도에 맞는 절차를 배운 터라, 당신이 평양 감사를 수행할 채비는 다 있답니다.”

남편은 거짓부렁에다 건성으로 대답해 두었는데, 며칠 뒤에 아내가 다시 물었다.

“대감께서 언제 평양 감사로 부임하신답니까?”

“아직 부임할 날짜를 잡지 않은 것 같은데…….”

얼마 뒤에 아내가 또 물었다.

---

* **판서**(判書) 조선 시대의 중앙행정 관서의 장관. 육조(六曹)의 장관을 판서라고도 한다.
* **비장**(裨將) 조선 시대에 감사(監司)와 높은 직위의 무관을 따라다니면서 그를 돕거나 신변을 보호하던 사람.
* **무명베** 솜을 자아 만든 무명실로 짠 베.
* **함자**(銜字) 남의 이름자를 높여 이르는 말.
* **여장**(旅裝) 여행할 때의 차림.

“부임할 날을 받았다고 하던가요?”

“모레 떠난다는군.”

이 말을 들은 아내는 함을 하나 가지고 와서 보자기를 풀어 남편에게 보였다. 그 안에는 옷가지가 두루 갖춰져 있었다.

드디어 평양 감사가 출발하는 날, 남편은 근사하게 차려입은 뒤 대감 댁으로 갔다. 마침 대감은 임금을 뵙기 위해 대궐로 들어갔고 집 앞에는 사람이며 말들이 복작복작했다. 그때 하인 하나가 말을 끌고 오더니 이렇게 말했다.

“이 말이 온순하니, 나리께서는 이 말을 타시지요.”

남편은 말에 올라 평양 감사보다 앞서 길을 떠났다. 얼마 뒤에 감사 일행이 따라오자, 그는 행렬 앞에 서서 다른 사람들에게 앞길을 인도하는 비장이라는 뜻으로 자신을 ‘전도 비장(前導裨將)’이라고 소개했다.

그가 경기도 고양(高陽)에 이르렀을 무렵 곧이어 감사 일행도 도착했다. 여덟 비장이 숙소에 불을 밝히고 감사를 모셨는데, 그도 비장들 사이에 끼여 비로소 감사 앞에 나서게 되었다. 감사는 그를 보더니 고개를 갸우뚱하며 다른 비장들에게 물었다.

“저자는 누구인가?”

“모르는 사람이옵니다.”

감사가 그에게 물었다.

“자네는 어느 대감의 청탁으로 나를

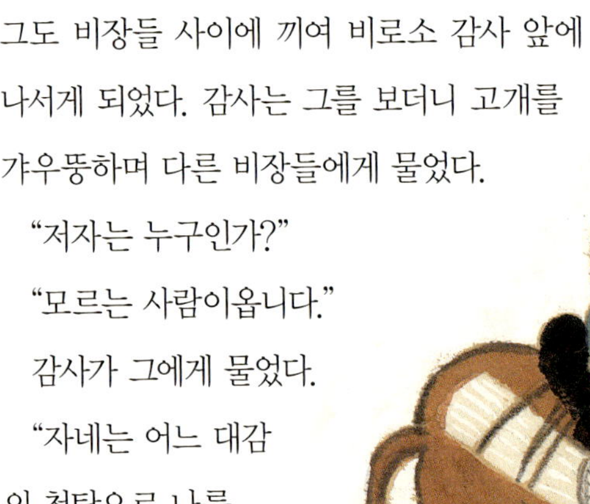

수행하고 있는가?"

"저는 누군가가 청탁한 비장이 아니옵니다."

"아니, 그러면 자네는 웬 사람이란 말인가?"

그는 대감 앞에 나가 무릎을 꿇고 아뢰었다.

"저는 비장으로 자원한 자원 비장(自願裨將)이옵니다."

• **함**(函) 혼례를 앞두고 신랑 집에서 신부 집에 예물과 혼서지를 담아 보낸 상자. 패물이나 의복 따위를 담아 두기도 한다.

감사는 한참을 묵묵히 있다가 다시 물었다.

"자네는 무엇을 바라 비장이 되었는고?"

"대감! 저는 대감을 수행하는 것을 원할 뿐, 달리 바라는 것은 아무것도 없사옵니다."

그 말을 들은 감사는 속으로 이런 생각을 했다.

'저자가 스스로 자원해서 나를 따라오니, 그대로 두어도 해가 될 것은 없겠지.'

"자네가 그러한 정성으로 자원했다면 나를 따르시게."

그는 감사의 말에 매우 기뻐했으며, 그 뒤로 모두들 그를 자원 비장이라 불렀다.

평양에 도착하여 여러 비장이 아침저녁으로 문안을 드릴 때마다 자원 비장도 그 대열에 끼었으나, 감사는 그에게 달리 묻는 일이 없었다. 이럭저럭 시간이 지나자 평양 감사는 자원 비장에게 염증을 느끼기 시작했다.

"자네가 본시 자원 비장으로 딱히 할 일이 없는데, 다른 비장처럼 굳이 문안 인사를 하러 올 필요가 있겠는가? 마침 사람이 필요한 자리 하나가 비었는데, 한 해에 오십 냥 정도 받을 걸세. 그 자리에 자네를 임명하니, 앞으로 내가 부르기 전에는 이곳에 오지 않아도 될 것이네."

자원비장은 명을 받은 뒤로는 감사 앞에 마음대로 나가지 못하고 따로 조그마한 집에서 지내게 되었다.

어느덧 세월이 흘러 감사의 임기가 서너 달밖에 남지 않았을 때였다. 이방이 장부를 정리해 보니, 공금이 삼만 냥 가까이 부족한 것이었다. 이 사실을 안 감사는 근심스러워 삼만 냥을 어떻게 채울지 궁리해 보았으나 해결할 묘안이 떠오르지 않았다. 그러던 어느 날 감사가 문득 자원 비장을 떠올렸다.

'내가 자원 비장 그놈을 쫓아내고 삼 년이 지나도록 한 번도 부른 일이 없지 않던가! 누구나 다 자원 비장을 만만하게 보아 깔보았을 테니 분명 사는 것이 구차해졌을 것이다. 혹시 그자가 나쁜 마음을 먹고 삼만 냥을 축낸 것은 아닐까?'

의심이 생긴 감사는 자원 비장을 불렀다. 자원 비장이 부름을 받고 오자 감사가 위로하는 투로 말했다.

"자네를 내보낸 지 삼 년이 훌쩍 지났는데, 그동안 일이 많다는 핑계로 한 번도 자네를 부르지 못했네. 자네 수입이 한 해에 오십 냥밖에 되지 않았으니 얼마나 곤란했을지 짐작이 가고도 남는다네. 내 잘못이 크나 너무 서운해 하지 말고 나를 용서해 주시게."

그 말을 들은 자원 비장은 공손하게 말했다.

"당치 않은 말씀이옵니다. 그런데 대감! 지금 뵈오니 안색이 매우 좋지 않으신데, 무슨 근심되는 일이라도 있으신지요?"

그러자 감사는 눈썹을 찡그리며 말했다.

"임기 중에 예상보다 더 쓴 돈이 삼만 냥쯤 되는데 채워 넣을 길이

없어 고민이라네.”

“그런 일이 있는데도 왜 비장들과 상의하지 않으십니까?”

“쯧쯧! 저 비장들은 모두 제 이익만 도모하지, 이런 일까지 걱정해 주겠느냐?”

“대감! 그 무슨 말씀이온지요? 비장의 임무는 모름지기 대감을 돕는 것이지요. 예로부터 신하는 윗사람을 위해 몸을 바친다고 했사옵니다. 대감을 위하지 않는 자가 있다면, 그자는 맡은 책임을 다하지 않고 자리만 지키고 있는 것이겠지요! 제가 계책을 하나 내어 대감의 근심을 풀어 드릴까 하옵니다.”

그 말을 들은 감사는 크게 기뻐했다.

“그래, 어떤 계책인지 한번 말해 보게.”

“중국 사신을 대접하기 위해 마련해 둔 삼만 냥을 잠시 빌려 주시면 제가 가진 좋은 계획으로 많은 돈을 벌어 오겠습니다.”

감사는 마음속으로 주저되는 바가 없지 않았다.

‘자원 비장은 예전부터 알고 지내던 사람도 아닌데, 괜히 돈을 내주었다가 봉변을 당하면, 불난 데 기름 붓는 꼴 아니겠는가!’

그러나 달리 방법이 없었기 때문에 삼만 냥을 내줄 수밖에 없었다. 자원 비장은 다른 비장들과 작별하고 담양(潭陽)으로 내려갔다. 그리고 받은 돈을 밑천으로 대나무를 구입해 배에 싣고는 한 달 가량이 걸려 평양으로 돌아왔다. 자원 비장을 눈이 빠지도록 기다리던 감사는 그가 평양으로 돌아오자마자 불러들였다.

“왜 이제야 오는가? 애간장이 다 끊어질 뻔했네.”

"대감! 걱정하지 마옵소서. 내일 대동강 가에 있는 연광정(練光亭)에 고을 수령들을 모두 불러 큰 잔치를 베푸십시오. 그런 뒤에 이리이리 하시면 좋은 계책이 나올 것입니다."

자원 비장의 말을 들은 감사는 크게 기뻐했다. 이튿날 감사는 자원 비장이 말한 대로 연광정에서 잔치를 베풀었다. 잔치가 무르익고 수령 들이 거나하게 취하자 감사가 문득 말을 꺼냈다.

"본디 평양은 부유한 고을인데, 올해는 풍년이 들어 더욱 기쁘오. 그래서 집집마다 장대를 세우고, 거기에 등을 달아 태평성대를 기리려 하오. 수령들께서는 고을 백성들에게 이 명령을 내리고, 병영에서도 따르게 하시오."

연광정에 모인 수령들은 고을로 돌아가 감사의 명령을 전했다. 그러 자 평양성 안팎의 백성들이 기뻐하며 칭송했다. 하지만 평안도에서 나 는 나무들은 모두 굽어서 등을 걸 수 없었다. 모두들 난처해 하고 있 는데 푸른 대나무를 실은 배 몇 척이 홀연히 나타나서 닻을 내리는 것 이 아닌가? 백성들은 이구동성으로 입을 모았다.

"저 배는 하늘이 내려 주신 것일세. 때마침 대나무를 싣고 오지 않 았는가."

백성들은 하늘이 도와 대나무를 얻었다며 값이 얼마인지 묻지도 않 고 앞다퉈 사 갔다. 그리하여 삼만 냥의 밑천은 거의 십만 냥으로 불어났다.

　감사는 이 사실을 모른 채 자원 비장의 소식을 기다리며 의심만 하고 있었다. 며칠 뒤 자원 비장이 돌아와, 대나무를 산 일부터 대나무를 팔아 이득을 세 배나 남긴 일까지 자세히 보고했다. 그러더니 부족한 돈 삼만 냥을 채워 넣고 나머지 돈까지 내놓았다. 감사는 크게 기뻐하며 자원 비장을 칭찬했다.

　"자네가 귀신처럼 만든 기회와 오묘한 계책은 옛사람들도 미치지 못할 것일세."

그러자 자원 비장이 말했다.

"남은 돈은 댁으로 보내오리까?"

그러자 감사가 깜짝 놀라며 말했다.

"무슨 말이냐? 자네의 계책으로 걱정거리를 덜었으니, 그 은혜도 갚기 어렵지 않겠는가. 이런 판에 내가 나머지 돈을 취해서야 되겠는가! 그런 말 말고 이 돈은 자네가 쓰도록 하게."

자원 비장은 두세 번 사양하다가 남은 돈을 감사와 반씩 나눠 가졌다.

이야기 · · ·

여섯

굳이 부자가 되어 무엇 하리오?

아내를 여읜 가난한 선비가 학동 십여 명을 모아 가르치며 살다가 아내를 새로 맞이했다. 그런데 신부가 시집와서 보니 양식이 한 됫박도 없을 정도로 집안 꼴이 말이 아니었다. 더욱이 가장이라는 선비는 굶주림을 참으며 글공부만 하느라 도무지 집안 살림을 돌보지 않았다.

신부는 무관 출신 시당숙이 계시다는 것을 알고는 그에게 천 냥을 꿔서 재산을 불리자고 남편을 졸랐다. 선비는 허허 웃으면서 말했다.

"당숙께서 흔쾌히 빌려 주시겠소? 내 평생 이런 일을 다른 사람에게 부탁해 본 적이 없었소."

이 말을 들은 신부는 남편 대신 직접 시당숙께 편지를 쓰기로 하고 천 냥을 빌려 주시면 일 년 안에 갚겠노라는 사연을 적어 보냈다.

편지를 받아 본 시당숙 댁의 며느리와 조카며느리가 이구동성으로

혀를 차면서 목소리를 높였다.

"시집온 지 며칠 안 되는 신부가 당돌하게 천 냥이나 꾸어 달라고 하다니, 이런 건방진 경우가 있나!"

그러자 시당숙이 말했다.

"그렇게까지 말할 것 없다. 내 지난번에 신부를 보니, 평범한 사람이 아니더구나. 그리고 편지 한 장으로 천 냥을 빌려 달라고 하는 걸 보면 그 기개를 가상히 여길 만하구나."

시당숙은 답장을 보내 천 냥을 빌려 주겠다고 허락했다. 얼마 뒤 시당숙에게서 돈이 오자 신부는 그 돈을 받아 다락에 보관했다. 선비는 이를 이상하게 생각했지만, 우선 맡겨 두고 어떻게 하는지 살펴보기로 했다.

신부는 학동들에게 떡과 과자를 먹이고, 시당숙이 준 돈을 쥐어 주며 비단 가게에 가서 색색의 비단을 사 오게 했다. 그러더니 그 비단으로 맵시 있게 주머니를 만들어 학동들에게 나눠 주었다. 학동들은 좋아라 하며 신부의 말을 고분고분 잘 들었다.

그리고 나서 신부는 학동들에게 돈을 두 푼씩 주며, 도성 안팎을 다니며 감초를 사 오게 했다. 그렇게 몇 달 동안 계속 감초를 사들이니, 감초가 바닥이 나서 값이 무려 다섯 배로 뛰었다. 그러자 신부는 그동안 사 두었던 감초를 내다 팔아 수천 냥을 벌어 하루

아침에 부자가 되었다. 신부는 벌어들인 돈으로 집과 살림살이를 사고 하인을 들이고는 시당숙께 편지로 이 사실을 아뢰고 빌린 돈을 갚았다.

편지를 받은 시당숙 댁 식구들은 모두 깜짝 놀랐다. 일 년 뒤에 갚겠다며 빌려 간 돈을 반 년도 채 되지 않아 다 갚았기 때문이다. 예전에 신부를 비웃던 사람들도 그제야 어진 아내라고 칭찬했다. 신부를 기특하게 여긴 시당숙은 돌려받은 천 냥을 신부에게 다시 주며 살림 밑천으로 삼으라 했지만, 신부는 한사코 사양했다.

"사람이 세상에 태어나 입고 먹는 것이 궁색하지 않고, 마을 사람과 친척에게 착한 사람이라는 말을 들으면 그것으로 충분하지요. 굳이 부자가 되어 무엇하겠습니까? 부자는 여러 사람의 미움을 사게 되는데, 그것은 제가 원하는 바가 아닙니다."

그 뒤로 신부는 부지런히 일해 집안을 잘 다스렸다. 선비 부부는 가난에 시달리지 않고 한평생 같이 살았는데, 자손들도 높은 지위에 올랐다고 한다.

* **학동(學童)** 글방에서 글을 배우는 아이.
* **시당숙(媤堂叔)** 남편 아버지의 사촌 형제.
* **감초(甘草)** 콩과의 여러해살이풀로, 단맛이 나는 뿌리를 먹거나 약으로 쓴다.

조선 최고의 부자는 누구였을까?

역관(譯官)은 외국과 외교 관계를 맺고 유지하는 데 중요한 역할을 했습니다. 중국이나 일본에 사신과 함께 파견되어 통역을 맡아보았고, 외국에서 사신이 왔을 때도 왕이나 대신을 따라 나가 통역을 했지요. 역관들은 통역뿐만 외국과의 무역에서도 한몫을 톡톡히 했는데, 그럴 수밖에 없는 사정이 있었답니다.

역관은 부자가 되는 지름길

역관은 역과(譯科)라는 과거에 급제해야 벼슬할 수 있었는데, 역과는 조선 초기에는 3년에 한 번씩, 후기에는 부정기적으로 자주 열렸습니다. 그래서 역관의 수가 늘어났지만, 나라에서 필요로 하는 역관은 50~60명 정도였지요. 일자리가 없는 역관들은 먹고살기 위해 다른 직업에 종사했는데, 이렇다 보니 비상시 외교에 차질을 빚을 수도 있기 때문에 나라에서는 여러 역관에게 한 사람의 녹봉을 나눠 주고 돌아가면서 일을 시키는 체아직(遞兒職) 제도도 실시했습니다. 보수가 적은 것을 감안하여 나라에서는 역관들이 무역 자금을 가지고 가서 사적인 무역을 할 수 있도록 눈감아 주었습니다. 무역 자금은 주로 인삼이었는데, 열 근씩 한 꾸러미로 묶어 여덟 꾸러미를 가지고 갈 수 있었습니다. 당시에 그것은 쌀 수천 석을 살 수 있는 엄청난 규모였다고 합니다. 이런 특권을 가진 역관들은 조선 후기에 청나라와 일본을 상대로 막대한 무역 활동을 하여 재산을 모았습니다. 주로 청에서 명주실과 비단을 사서 두세 배의 가격으로 일본에 팔기도 했답니다.

〈조선통신사 행렬도〉에 등장하는 역관(譯官)의 모습. 수역(首譯)은 역관의 우두머리, 소통사(小通事)는 역관 가운데 하급 통역관이다. 국립중앙박물관 소장.

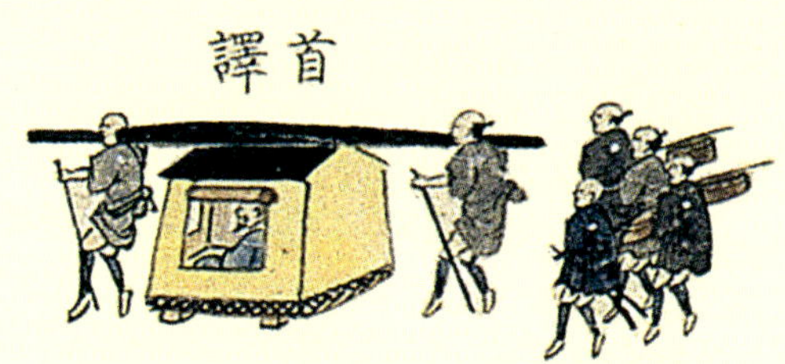

조선 후기 최고 부자, 변승업

박지원의 소설 《허생전》에는 몰락한 양반 허생이 장사 밑천을 빌리려고 당시 한양에서 제일가는 부자, 변씨를 찾아가는 장면이 나옵니다. 변씨는 실존 인물인 변승업(卞承業, 1623~1709)이었을 가능성이 큽니다. 변승업은 일본어 역관이었습니다. 그는 역관이었던 아버지 뒤를 이어 아홉 형제 가운데 여섯 명이 역관이 될 정도로 유명한 역관 가문의 후예였답니다. 변승업은 아내가 죽자 관을 임금의 관처럼 옻칠했는데, 이것이 문제가 되자 엄청난 뇌물을 써서 무마했을 만큼 대단한 재력가였지요. 말년에는 사람들에게 빌려 준 돈이 무려 은 50만 냥에 이르렀는데, 그 때문에 자손들이 해를 입을까 봐 없었던 돈으로 해 버린 일도 있었다고 합니다.

역관 홍순언과 보은단동

지금의 서울 을지로 입구에 있는 보은단동이라는 지명은 조선 선조 때의 역관 홍순언(洪純彦)에게서 유래했습니다. 홍순언이 중국어 역관으로 명나라에 갔을 때, 한 기생집에서 부모님의 장사 지낼 돈을 마련하려고 기생이 된 여인을 만납니다. 사정을 딱하게 여긴 홍순언은 여인을 도와줍니다. 여인은 홍순언이 준 돈으로 부모님의 장례를 치른 뒤에 높은 벼슬자리에 있는 석성(石星)의 아내가 되었습니다. 그리고 조선에서 사신이 갈 때마다 홍순언을 찾았지요. 마침내 홍순언을 찾은 여인은 '보은단(報恩緞)'이라는 글자를 수 놓은 비단과 진귀한 물건들을 선물합니다. 이 사연을 들은 사람들은 홍순언이 살던 마을을 '보은단동'이라 이름 붙였다고 합니다.

명나라에 왔다가 고국으로 돌아가는 조선 사신을 전송하는 광경을 담은 〈송조천객 귀국시장〉(일부), 국립중앙박물관 소장.

재산이란 하늘이 낼 때부터
모였다가 흘러가는 법
세상에 주인이 바뀌지 않는 재물이 어디 있으리오

3

되로 주고 말로 받고

이야기 ··· 하나

외상 약을 지어 주고 보상받은 허생

한양 사람 허생은 약국을 내고 약을 지어 팔았다. 어느 날 허름한 옷차림을 한 벼슬아치가 형편없이 초라한 말을 타고 와 약국 안으로 들어섰다. 벼슬아치는 인사를 하고는 소매에서 종이를 꺼내 보여 주었는데, 원기를 돕는 약을 짓되 인삼을 얼마씩 넣으라는 약방문이었다.

"아무쪼록 정성을 들여 약방문에 적힌 대로 지어 주기 바라오."

"들어갈 인삼을 셈해 보니 무려 세 근이 넘겠습니다. 제힘으로 그 많은 양을 다 마련할 도리가 없으니 어떻게 하면 좋겠습니까?"

"그러면 이웃 약국에서 빌려서라도 지어 주셔야지요."

허생은 급히 인삼을 구해다가 약을 지어 벼슬아치에게 내밀었다.

"이제 약값을 주셔야지요?"

"지금은 돈이 없으니 외상으로 가져가야겠소."

허생은 기가 막혀서 한참을 흘겨보다가 소리를 질렀다.

"세상에 어디 이런 법이 어디 있단 말이오?"

"의원 말이 어머니의 병환이 위중해 이 약방문대로 약을 써야 효험을 본다고 하나 형편이 어려워 돈을 마련할 길이 없으니 어찌하겠소?"

허생은 화가 나서 한참을 벼슬아치를 노려보다가 해가 질 무렵이 되어서야 이렇게 중얼거렸다.

"인삼은 이미 썰어 놓았으니 주지 않는다 한들 어디에 쓸모가 있겠소. 그러니 가져가시고 이름이나 말해 주오."

"나는 정언 벼슬 다니는 채제공이란 사람이오."

"약값은 언제나 갚을 수 있겠소?"

"갚을 처지가 된 뒤에나 갚을 수 있지 않겠소?"

"귀하는 남인인 데다 성까지 매우 드무니 외딴 고을의 원님밖에 더 하겠소. 그런 데서 받는 돈으로 어떻게 이 약값을 충당하겠소?"

"옳은 말이오. 그러니 그냥 잃어버렸다 생각하는 편이 낫겠구려."

벼슬아치는 약 꾸러미를 챙겨 들고 황급히 약국을 나가 버렸다. 허생이 약값을 셈해 보니 오천 냥 정도였는데, 그 때문에 집안 재산이 다 넘어가 어쩔 수 없이 처가살이까지 하게 되었다. 사정이 그러하자 처자식도 그를 탓했고, 장인 영감 또한 몹시 괴로워했다.

십수 년이 지나는 사이에 채제공은 임금의 총애를 받아 벼슬이 올랐으나, 허생은 원망과 노여움을 삭이지 못해 한 번도 그를 찾아가지 않았다. 마침 채제공이 평양 감사로 부임하자 장인 영감은 허생에게 대감을 찾아가 뵙고 비장 자리 하나라도 얻어 보라고 억지로 권했다.

허생은 내키지 않았지만 채제공을 찾아갔는데, 그는 허생을 전혀 기억하지 못하는 듯했다.

"당신은 누구던가?"

허생은 자기 이름을 밝히고 옛 인연을 이야기했다.

"참으로 오랜만이로군."

채제공은 이내 옆 사람들과 이야기를 나누며 허생에겐 한마디도 건네지 않았다. 허생은 입술을 달싹거리다가 겨우 말을 꺼냈다.

"저는 그 일이 있은 뒤로 가난해져서 고생하고 있습니다. 원하옵건대 저를 비장으로 거두어 한 가닥 실 같은 목숨을 잇게 해 주소서."

그러자 채제공은 발끈하더니 이렇게 내뱉었다.

"감히 비장으로 거두어 달라니! 비장으로!"

허생은 부끄럽고 분해 곧 집으로 돌아가 처자식 앞에서 다짐했다.

"내 아무리 죽고 또 죽는다 하더라도 맹세코 은혜를 저버리고 귀하게 된 무리를 만나지 않겠다."

이러구러 몇 달을 지나는 동안 만물이 꽁꽁 얼어붙는 겨울이 닥쳤

* **약방문**(藥方文) 약을 짓기 위해 약 이름과 약의 분량을 적은 종이.

* 근(斤) 무게의 단위로, 고기나 한약재 한 근은 육백 그램에 해당한다.

* **정언**(正言) 조선 시대 임금에게 옳지 못하거나 잘못된 일을 고치도록 말하는 일을 맡아보던 사간원(司諫院)의 벼슬.

* **채제공**(蔡濟恭, 1720~1799) 조선 후기의 문신으로, 정조 임금의 탕평책을 주장하던 핵심 인물이었으며 영의정을 지냈다. 야담은 이처럼 실존 인물과 관련된 이야기를 많이 싣고 있다.

* **남인**(南人) 조선 선조 임금 때부터 후기까지 사상과 이념의 차이로 분화하여 나라의 정치적인 판국을 좌우한 네 당파 가운데 하나. 노론이 정권을 잡은 18세기에는 남인 출신의 선비들은 높은 벼슬에 오르기 쉽지 않았다.

고 허생의 시름은 몇 곱절이나 더했다. 장인 영감이 그 꼴을 보다 못해 허생을 꾸짖었다.

"자네를 돕는 것도 이제 힘이 다했네. 자네가 전 재산을 준 그 사람은 지금 어떻게 살고 있는가? 어찌해서 그 사람에게 돈을 갚으라 하지 않고 이 늙은이에게 입을 벌리고만 있는가? 노잣돈을 조금 마련해 줄 테니 다시 찾아가 보게. 그러면 약값을 전부 갚지는 않는다 해도 어찌한 밑천 주지 않겠는가?"

허생은 할 말이 없어 평양성으로 가서 채제공을 만났다.

"그대는 무엇하러 여기까지 찾아왔는고?"

허생이 주저하다가 말을 꺼내려는데 채제공이 갑자기 일어나더니 변소로 가면서 허생을 관아 한쪽의 조용한 곳에 묵게 하라고 분부하는 것이었다. 허생이 그곳으로 가 보니 창문은 부서져 찬바람이 들어왔고, 지붕에서는 비가 새고 있었다. 내오는 음식마저 형편없자 허생은 한시도 더 머물고 싶은 마음이 없어 날마다 채제공에게 작별 인사를 하고 떠나려 했으나, 일을 맡은 사람들이 막아서 그럴 수도 없었다.

허생은 몇 달이 지나도록 채제공의 얼굴 한 번 보지 못하고 지내야 했다. 인사 없이 몰래 떠나려 했으나 문지기들이 막아 밖으로 나가지 못했으며, 담장이 높아 뛰어넘어 도망치기도 어려웠다. 게다가 심부름하는 하인 하나가 허생의 행동 하나하나를 감시했기 때문에 마치 감옥에 갇힌 죄수 같았다.

계절이 겨울에서 봄으로 바뀌어 버드나무 꽃이 눈처럼 날리자 허생은 집으로 돌아갈 생각이 간절해져 참을 수 없었다. 그러던 어느 날

새벽, 허생은 문을 박차고 곧바로 채제공의 침소로 뛰어들었다. 채제공은 허생을 힐끗 보더니 이렇게 물었다.

"그대는 어찌해서 여태까지 머물러 있는고?"

"인사를 드리고 돌아가려 했으나 그때마다 좌우에서 막아 관아의 곡식을 많이 축냈습니다. 이제 인사를 드렸으니 돌아가겠습니다."

그러자 채제공은 고개를 끄덕이더니 말 한 필과 노잣돈 오백 푼을 내주도록 지시하는 것이었다. 허생은 우선 기쁜 마음으로 물러났으나 생각할수록 분통이 터졌다. 식구들에게 어떻게 변명해야 할지 답답하기 그지없어 객점에서 미적미적 시간을 끌었다.

채제공에게서 받은 노잣돈이 거의 다 떨어질 즈음 허생은 어둠을 타서 처가에 당도했다. 그런데 처가의 하인들이 문 앞에 나와 허생을 반가이 맞는 것이 아닌가.

"서방님, 어떻게 어두울 녘에 오십니까?"

그러고는 허생이 돌아왔다고 알리자 집 안에서 환호성이 들렸다.

'이것들이 내가 돈을 두둑하게 받아 왔으리라 짐작하고 소리를 지르는 것이겠지. 참 낯 뜨거운 일이로구나.'

허생은 먼저 장인 영감부터 뵈었는데, 영감은 그의 손을 붙들고 그동안 고생했다며 위로했다. 이어 허생은 아내와 자식들을 찾았다.

"처와 아이들은 다들 어디에 있습니까?"

* **객점(客店)** 예전에 오가는 길손이 음식을 사 먹거나 쉬던 집.

"자네 집에 있지, 어디 있겠는가?"

허생은 더욱 의아해서 물었다.

"제집이 어디 있단 말입니까?"

"자네가 평안도로 가고 나서 한참 지났을 무렵, 김지추(金知樞)란 사람이 자네 편지를 딸아이에게 전해 새집으로 이사 가도록 하지 않았나? 그 일을 벌써 잊었는가?"

"저는 그런 편지를 보낸 일이 없습니다. 그리고 김지추가 누구인지도 모릅니다. 그놈이 흉악한 마음을 품고 거짓으로 편지를 써서 처를 빼앗으려 한 것이 분명합니다. 장인께서는 어찌 남의 말을 가볍게 믿고 나쁜 술수에 걸려든 것입니까?"

허생이 크게 놀라 부르짖자 장인 영감은 웃으며 말했다.

"걱정 말게. 딸아이를 보낼 적에 제 오라비들을 함께 보내 돌보도록 했으니 무슨 망측한 일이 있겠는가?"

그 말을 들은 허생은 크게 화를 냈다.

"그렇다면 장인 영감께서 제가 비렁뱅이가 된 것을 알고 처를 딴 데로 시집보낸 것이겠지요."

"말이란 한 번 입에서 나가면 다시 주워 담을 수 없는 법인데, 어찌 그리 경솔하게 말을 하는가? 새집으로 가서 참말인지 거짓말인지 확인해 보면 될 것 아닌가!"

허생은 그렇게 하기로 하고 장인 영감의 뒤를 따라서 낯선 집에 당도했다. 그 집은 꽤장히 컸는데, 하인들이 달려 나와 허생을 맞이했다. 집 안으로 들어가니 아내가 옷을 곱게 차려입고서 웃음을 머금고 기다리는 것 아닌가!

허생은 분하고 섭섭하여 아내에게 뛰어들며 야단을 쳤다.

"이 잘난 계집아! 좋은 집에서 부자 놈과 어울려 잘도 사는구나!"

그러자 장인 영감이 허생을 뜯어말렸다.

"자네를 만나고 싶어 하는 분이 계시니 같이 가세."

허생이 마지못해 나가 보니 웬 사람이 인사를 하며 자신을 기억하느냐고 물었다.

"당신은 평양 감사 밑에서 일을 보던 사람 아니오? 나와 인사를 나눈 적이 있다지만, 따로 할 이야기가 없는데 무엇하러 만나자 하오?"

"나는 김지추라는 사람이오. 작년에 당신이 평양 감사께 왔을 때 사또께서 은밀히 이렇게 당부하셨다오.

'나는 허생에게 특별한 은혜를 입었다. 그래서 특별한 방도로 갚고자 하여 여태까지 한 푼도 갚지 않고 있단다. 허생이 지금 이곳에 찾아왔는데 내가 몇 달 동안 붙잡아 두고 어려움을 겪게 하여 재물을 가볍게 여기는 마음을 고치도록 하겠다. 그동안 너는 오만 냥을 가지고 한양로 가서 논밭과 집을 마련하고 하인들을 들이도록 해라. 그리고 허생의 글씨를 흉내 내어 그 처를 속일 테니, 허생이 한양로 돌아가기 전에 그의 식구들을 새집으로 이사 가게 해라. 내 어머니는 허생이 지어 준 약을 드시고 효험을 보았다. 그래서 나는 늘 그를 잊지 않고, 지위가 높아진 뒤로는 받은 돈에서 반만 쓰고 반은 그를 위해 쓰려고 모았다. 그동안 모은 돈이 오만 냥이 넘으

니 너는 그 돈을 가지고 내가 지시한 대로 처리해라.'

내 형장이 베푼 은혜에 감동하고, 또 진심으로 은혜를 갚고자 하는 사또를 존경하여 이 일을 맡았다가 이제 겨우 마무리 지었다오. 형장 앞으로 된 집문서며 땅문서가 여기 다 갖춰져 있으니 잘 거두어 주기 바라오."

허생은 멍하니 그 말을 듣고 있다가 뒤늦게 채제공의 훌륭한 덕을 깨달았다. 그리고 이를 고맙게 여기며 채제공이 오래 살게 해 달라고 식구들과 함께 기원했다.

새집에서 편안하고 즐거운 생활을 누린 지 몇 달이 지났을 때 채제공은 화려한 수레와 옷을 보내 허생을 평양으로 데려갔다. 허생이 평양 감영에 들어서자 두 사람은 마주 바라보며 말했다.

"친숙하여 허물이 없을 때나 서먹서먹하여 관계가 멀었을 때나 우리 모두 똑같은 사람 아니겠소?"

그러고는 둘은 한참을 껄껄 웃었다.

* **형장**(兄丈) 나이가 엇비슷한 친구 사이에서 상대편을 높여 이르는 말.

이야기

…

둘

강에서 만난 의로운 사람

성이 김가인 한 사람이 충청도에 살았는데 재산이 제법 넉넉했다. 그는 충청도를 떠나 한양으로 이사할 계획을 세우고 아들 김생을 시켜 재산을 배로 운반했다. 재산을 실은 배가 서강(西江)에 이르렀을 때 김생은 웬 사람들이 강변에 나와 있는 것을 보았다. 부부와 아들딸 일가족이었는데, 서로 부둥켜안고 통곡을 하고 있었다. 남편이 물에 뛰어들려고 하면 아내가 말리고, 아내가 물에 뛰어들려고 하면 남편이 붙드는 것 아닌가? 김생이 그 광경을 보고 힘써 말리고 나서 어찌 된 영문인지 물었다.

"저는 본래 관아에서 일하던 아전인데, 여러 해 포흠을 져서 그동안 재산을 전부 팔아 변상했습니다. 하지만 아직까지 갚지 못한 포흠이 천금이나 남아 있지요. 내일이 갚을 날짜인데 약속을 넘기면 죽임을

당할 것입니다. 돈을 갚을 방법이 없으니 먼저 물에 뛰어들어
죽으려 한 것입니다."

김생은 측은한 생각이 들었다.

"돈은 얻기 쉬우나 사람의 목숨은 다시 얻기 어려운 것 아니겠소."

그러고는 곧장 배에 실린 천금이나 되는 재물을 아전에게 주었다.
아전은 감격하여 눈물을 뚝뚝 흘리며 김생의 이름과 사는 곳을 물었
지만 김생은 숨기고 말하지 않았다.

김생은 나머지 재산을 가지고 충청도 시골집으로 내려갔다. 그러고
는 아버지께 앞뒤 사정을 말씀드리니 아버지 또한 이렇게 말했다.

"잘했다. 그 사람이 관청에 진 포흠을 다 갚는다 하더라도 먹고살
계책은 없겠구나. 이왕 주려면 나머지 재산까지 다 주지 그랬느냐?"

한편, 죽으려 했던 아전은 기한에 맞춰 천금의 돈을 가지고 관아로
갔다. 아전이 갑자기 돈을 마련하게 된 까닭을 들은 조정의 여러 재상
이 모두 감탄했다.

"지금 세상에도 그런 의로운 사람이 있단 말인가! 벼슬길에 나서지
않은 선비가 이처럼 좋은 일을 했거늘, 이 아전을 굶어 죽게 한다면

벼슬하는 우리들은 참으로 부끄러워질 것이네."

재상들은 저마다 돈을 조금씩 내어 모두 천금이나 되는 돈을 모아 아전에게 주었다. 아전은 그 길로 일을 그만둔 다음, 가족을 이끌고 강릉으로 내려가서 재산을 일궈 만금의 돈을 모았다.

한편, 김생은 가산을 탕진하여 급기야 충청도의 논밭마저 모두 팔고 이리저리 떠돌아다니다가 강릉까지 와서 잠시 살게 되었다. 아전과 김생은 그동안의 일을 서로 모르는 채 지내고 있었다.

그러다 김생의 부모님이 돌아가셨는데, 장사를 지낼 도리가 없어 막막해 하는 김생 앞에 홀연히 한 승려가 밥을 빌러 나타나 하룻밤을 묵어 갔다. 김생이 잘 대접해 주니, 그 승려가 집을 나서면서 말했다.

"장사 지낼 터를 잡아 드리는 것으로 식사 대접에 보답하려 하는데 어떠신지요?"

김생은 승려를 따라 나서 반나절 동안 좋은 터를 찾아다녔다. 그러다가 한곳에 도착했는데, 기와집이 온 골짜기에 가득 차 있는 곳이었다. 기와집 뒤쪽으로 사당이 있었는데, 승려는 그곳을 손가락으로 가리켰다.

"저 사당 가운데 있는 계단 아래에 시신을 묻으시오. 아무 날 아무

● 포흠(逋欠) 관청의 물건을 사사로이 써 버리는 것.

시에 묻는 것이 좋을 듯하오.”

승려의 말을 들은 김생은 멍하니 정신을 잃었다.

“남의 집을 부수고 묏자리를 쓰다니, 어찌 그렇게 한단 말이오?”

“나는 명당을 찾아 일러 주었을 뿐이오. 묏자리에 관을 어떻게 묻
을지는 내 알 바 아니오.”

승려는 웃으면서 그렇게 말하고는 지팡이를 앞뒤로 흔들며 가 버렸다.
김생은 너무 황당한 일을 당해 정신이 없는 데다 다리까지 아파서 골
짜기를 느릿느릿 내려오다 어두워져 버렸다. 김생은 어쩔 수 없이 기
와집 문을 두드려 하룻밤 묵어가게 해 달라고 부탁했고, 주인이 흔쾌
히 맞아들였다.

밤이 이슥해지자 주인 부부가 뜰로 나오는 것 같았다. 이윽고 소원
을 비는 소리가 들리는가 싶더니 하늘을 향해 절을 하는 그림자가 달
빛 비치는 창문에 어른거렸다. 김생은 밖으로 나가 주인에게 무슨 일
인지 물었다. 주인은 두세 번 한숨을 쉬더니 지난날 서강에 빠져 죽으
려 했던 일을 이야기해 주었다.

“그분의 은혜를 꼭 갚고자 했으나, 이름
도 모르고 사는 곳도 모르는 까닭에 우
리 부부가 이렇게 아침저녁으로 은혜를
갚게 해 달라고 하늘에 비는 것이랍니다.”

김생은 예전에 있었던 일을 떠올리
고는 주인에게 그때의 기억을
더듬어 말해 주었다.

말을 맞춰 보니 두 사람의 과거가 딱 들어맞았다. 주인은 급히 아내를 부르더니 김생을 붙들고 기뻐하며 눈물을 흘렸다.

"그런데 무슨 일로 여기까지 오셨습니까?"

김생은 승려를 만난 일을 사실대로 들려주었다.

"뭐 그리 어려울 것이 있겠습니까? 은혜를 갚으려고 따로 마련해 둔 집이 있으니 저희가 그곳으로 가고 이곳을 비워 드리지요."

그런 다음 주인은 김생과 함께 가서 관을 운반해 왔다. 그러고는 승려가 시신을 묻으라고 한 날에 장사를 지내도록 도와주었다. 김생에게 자기 재산도 반으로 나눠 주며 은혜를 갚았다.

집안 살림이 다시 넉넉해진 김생은 드디어 한양으로 이사를 할 수 있었다. 김생은 백자동에 터를 구하고 집을 지었는데, 자손들이 번창해 마을을 이뤘으며 높은 벼슬아치가 대대로 나왔다고 한다. 소문을 들으니 정승 김상철(金尙喆)의 먼 조상의 묘가 강릉에 있다고 한다.

* **백자동**(栢子洞) 지금의 서울 종로구 혜화동 일대.

이야기 … 셋

많이 쌓아 놓고 베풀지 않으면 무슨 소용

옛날 경상도 순흥(順興) 땅에 만석꾼 황 부자가 살았다. 황 부자의 이웃에 사는 선비에게 사위가 있었는데, 성이 최씨로 풍기(豊基) 사람이었다. 최생은 집안이 좋고 글을 잘했지만 한양 갈 노잣돈을 마련할 수 없을 만큼 가난해 과거를 볼 수가 없었다. 최생은 장인께 황 부자에게 빚을 얻어 달라고 부탁했다.

"황 부자는 천하에 없는 구두쇠일세. 자기 부모님 제사를 지낼 적에도 쌀 석 되에다 밴댕이 세 마리만 올리는 위인인데, 남이 곤란한 처지에 있다고 돈 한 푼인들 내놓겠는가?"

하지만 최생은 장인이 황 부자가 잘사는 것을 시기해 과장한 말이겠거니 생각하고, 황 부자와 전혀 친분이 없는데도 직접 부탁해 보기로 작정했다.

이튿날 아침 최생은 장인 몰래 황 부자를 찾아갔다. 그런데 그 집 대문 앞에 이르자 문지기 두 명이 최생을 맞이해 안으로 모시는 것이었다.

"저희 주인께서 새벽에 사냥을 나가시며 저희더러 손님이 오시거든 잘 모시라는 분부를 내리셨습니다요."

그러더니 술상을 잘 차려 내왔다. 최생이 상을 물릴 때쯤, 황 부자가 매를 팔에 앉히고 사냥개를 끌며 건장한 사내종 대여섯 명과 함께 돌아왔다. 황 부자는 몸집이 크고 뚱뚱했으며, 의젓한 옷차림에 사뭇 위엄이 있어 보였다.

황 부자는 최생에게 인사하더니 문지기에게 물었다.

"손님이 오래 기다리셨을 텐데, 요기는 하시도록 했느냐?"

"예."

황 부자는 최생에게 어디 사는 누구인지 물어보고는 이렇게 말했다.

"어허! 이웃에 사시는 분의 사위를 이제야 이렇게 만나다니!"

곧이어 아침상이 나왔는데 산해진미가 상에 그득했다. 그것을 본 최생이 황 부자에게 말했다.

"세상 사람들이 부잣집을 헐뜯는 말을 결코 믿어서는 안 된다는 것을 오늘에야 알았습니다."

"무슨 말씀이신지?"

최생은 처가에 온 까닭과 장인과 주고받은 말을 들려주었다.

"어르신께서 처음 보는 제게 이토록 인정을 베풀어 주시니, 장인 영감이 괜히 어르신에 대해 이러쿵저러쿵했다는 것을 알게 되었습니다."

"장인어른은 오랜 이웃이지요. 누구보다 나를 소상히 아시는 분이라오. 쌀 석 되에 생선 세 마리로 제사를 모신다는 말은 틀림없는 사실이라오. 이 늙은이가 초년에 고생하다가 말년에 유복해진 내력을 한번 들어 보시겠소?

나는 일찍 부모님을 여의고 의지할 데 없는 곤궁한 신세였다오. 안동(安東)으로 장가를 들었는데, 처의 됨됨이와 인품이 집안을 다스릴 만하여 우리 내외는 가난에서 벗어나기로 굳게 약속을 했지요. 집 앞에 오래 내버려 두어 돌무더기만 가득한 거친 밭이 있었는데, 그 밭을 개간하여 구덩이를 십여 군데 파고는 길가 주막에서 행인의 대소변을 받아 그곳에 부었다오.

그러고는 처와 함께 옥수수 씨를 뿌렸는데, 그해 옥수수가 무성하여 수십 섬이나 거둬들일 수 있었소. 우리 부부가 손발이 다 닳도록 부지런히 일해 재산을 불려 나가는데, 하는 것마다 잘되지 않았겠소. 싸라기 한 톨이라도 천금같이 아끼는 것을 집안의 법도로 삼아 부모님 제사도 장인어른 말씀처럼 간소하게 모시기로 했고, 만석을 채운

• **만석꾼** 곡식을 만 섬가량 거둬들일 만한 논밭을 가진 큰 부자를 비유적으로 이르는 말.
• **밴댕이** 청어과의 바닷물고기. 몸의 길이가 십오 센티미터 정도로 작다.

뒤에 재물을 많이 쓰기로 작정했다오.

그런데 구천 석을 모은 뒤로 거기에 천 석을 더하기가 의외로 어려워 십 년 가까이 되도록 만석을 이루지 못했다오. 홍수가 지거나 가뭄이 들어 손해를 보거나 뜻밖의 화재를 당해 재산이 불타는 바람에 아직까지 만석을 채우지 못하고 있소. 마침 어제 우리 내외가 이런 이야기를 나누었다오.

'조물주가 만석을 채워 줄 의향이 없으신데, 우리 내외가 이미 칠십 줄에 이르렀소. 지금까지 모은 재물을 시원스럽게 써 보지도 못하고 하루아침에 눈을 감게 되면, 왕 장군 곳간의 귀신을 면치 못할 테니 이 어찌 슬픈 일이 아니겠소! 내일부터 당장 남을 대접하며 도와주기로 하고 죽기 전에 부자 행세를 하는 것이 옳을 듯하오.'

그래서 문지기를 대문 밖에 세워 두고 언제든 우리를 찾아오는 손님이 있으면 진수성찬을 대접하게 했던 거라오. 오늘이 바로 그 첫날인데, 그대가 다른 사람보다 먼저 왔으니 참으로 운수가 좋은 사람인가 보오. 이번 과거에도 틀림없이 급제할 것이니 이 늙은이가 귀하게 되실 분을 어찌 돕지 않겠소."

그러더니 황 부자는 즉시 청지기를 불러 분부했다.

"이분은 이웃 아무 어른의 사위이시다. 이번에 과거를 보러 한양으로 가는데 노잣돈이 필요하다 하시니, 곳간에서 오십 냥을 꺼내 드리고 말을 한 필 내어 행차를 돕도록 해라. 노잣돈 근심은 덜었다 해도 집안 식구가 굶주리는 것을 걱정하면 과거 시험장에 들어가 생각을 제대로 펴지 못할 것이다. 그러니 쌀 서른 섬을 이분 처가에 보내 양식

걱정을 하시지 않도록 해라."

　그 말을 들은 최생은 천만뜻밖의 배려에 감사의 인사를 올렸다.

　"많이 쌓아 놓고 베풀지 않으면 무슨 소용이 있겠소. 재산이란 하늘이 낼 때부터 모였다가 흘러가는 법, 세상에 주인이 바뀌지 않는 재물이 어디 있으리오. 이 집도 시간이 지나면 언젠가는 쑥밭이 되겠지요. 세상에 이름을 떨친 뒤 나중에라도 혹 이곳을 지나게 되면, 한잔 술로 이 늙은이의 혼을 위로해 주기 바라오."

　"이처럼 큰 재산이 졸지에 망할 일이 있겠습니까?

　"빨리 이룬 것이 빨리 망하는 것은 당연한 이치라오."

　그 뒤 최생은 과거에 급제했는데, 처가가 다른 고을로 이사했기 때문에 순흥에는 전혀 발걸음을 하지 못했다.

　이러구러 십삼 년의 세월이 흘렀다. 최생은 벼슬길이 툭 트여 경상도 감사가 되었다. 경상도 이곳저

　● **왕 장군 곳간의 귀신** 재물을 아끼다가 결국 남에게 모두 빼앗긴다는 뜻으로, 돈을 모을 줄만 알고 한 번 손에 들어간 것은 도무지 쓰지 않는 수전노를 이른다. 중국의 구우가 지은 단편 소설집 《전등신화(剪燈新話)》에 유군이라는 사람이 재물을 탐해 나쁜 짓을 많이 하다가 왕 장군에게 살해당하고 재산을 빼앗겼다는 이야기가 전한다.

곳을 돌아보는 길에 순흥 수령에게 기별을 보내 황 부자가 살던 마을에 가 있도록 했다. 감사의 행차가 그 마을에 당도해 보니 황 부자가 살던 곳은 이미 황폐해져서 풀이 무성하고 인적조차 없었다. 감사는 소스라치게 놀라고 슬퍼하더니 황 부자 식구들이 어디에 살고 있는지 알아보게 했다. 그리하여 늙은 종 하나가 마을 뒤의 절에서 승려 노릇을 하고 있다는 사실을 알아냈다. 감사는 사람을 보내 그 승려를 불러서는 황 부자가 망한 까닭을 물었다.

"늙으신 상전이 세상을 떠난 뒤 젊은 아드님들을 상전으로 모셨지요. 젊은 상전은 늙은 상전만큼 그릇이 크진 못했지만, 그렇다고 물정에 아주 어둡지도 않았습니다. 그런데 하늘이 젊은 상전을 이렇게 빨리 망하게 했답니다. 한 해에 어느 농장의 농막에 불이 나서 곡식을 태워 버리면, 다음 해에는 어느 농장의 논밭에 홍수가 나서 물에 잠기는 식으로 재앙이 꼬리에 꼬리를 물었답니다. 젊은 상전 형제는 부잣집에서 자라 어느 들에 논밭이 있고, 규모가 얼마나 되는지 애당초 관심이 없었지요.

어느 날 뜻밖에 불까지 나서 논밭 문서를 담은 궤짝이 종이 한 장 남지 않고 재로 변해 버리고 말았습니다. 좋은 밭과 좋은 논이 동서남북에 널려 있었지만, 무엇을 근거로 자기 땅이라는 것을 밝히겠습니까? 게다가 초상이 연이어 나 늙은 주인도 이내 돌아가시고, 작은 주인은 거지 신세가 되어 버렸답니다. 들리는 소문에는 지금 밀양(密陽) 포구에서 소금 짐을 져 입에 풀칠을 하고 있다고 합니다."

자초지종을 들은 감사는 옛정을 잊지 못하며, 앞날을 내다본 황 부자의 지혜가 신기하다는 뜻의 글을 썼다. 그러고는 폐허에 제사를 지내고 탄식하며 그곳을 떠났다.

감사는 다시 밀양 부사에게 기별을 보내 소금을 져 나르는 황씨를 데려오게 했다. 황씨는 얼굴이 까맣게 타서 보기에도 처량했다. 감사는 옛정을 이야기하며 집안이 망한 내력을 물었다. 그러자 승려가 된 늙은 종의 말과 똑같은 대답이 돌아왔다.

감사가 황씨를 측은하게 여겨 이렇게 말했다.

"자네 신세가 이토록 가련해졌지만 밑천이 생기면 다시 살아갈 방도를 찾아보겠는가?"

"밑천만 있다면 자신이 있습니다."

감사는 황씨에게 감영으로 찾아올 날짜를 일러 주었다. 황씨가 약속한 날에 맞춰 찾아오자 감사는 특별히 오백 금을 내주었다. 황씨는 그 돈을 밑천으로 부지런히 재산을 모아 다시 상당한 부자가 되었다.

이야기 … 넷

착한 일로 얻은 하늘의 보물

오 아무개는 경상도 양산(梁山) 사람으로, 됨됨이가 어수룩했다. 오씨는 짚신을 삼아 먹고살았는데, 그가 삼은 짚신도 매우 볼품이 없었다.

하루는 한 소년이 오씨가 삼은 짚신을 보고 우스갯소리로 중얼거리며 지나갔다.

"이 짚신은 한양에 가면 백금가량 받을 수 있겠는걸."

오씨는 이 말이 진담인 줄 알고, 짚신 일곱 죽을 삼아 짊어지고 한양으로 올라갔다. 그러고는 길옆에서 짚신을 벌여 놓고 팔았는데, 누가 값을 물으면 이렇게 답했다.

"한 냥입지요."

그러면 모두 비웃으며 지나갈 뿐 며칠을 장터에 앉아 있어도 짚신한 짝 팔리지 않았다.

한편, 어느 재상집에 여종이 하나 있었는데, 꽃다운 열여섯으로 예쁘장하게 생긴 데다 재치가 있고 총명했다. 여종은 재상집에서 정해 주는 혼처를 마다하고 일찍부터 제 스스로 적당한 사람을 골라서 짝을 맺겠노라고 말해 왔다.

어느 날 그 여종이 짚신을 늘어놓은 오씨 앞을 지나게 되었는데 오씨가 값을 턱없이 비싸게 불러 사는 사람이 없는 것을 보고 마음속으로 이상하게 여겼다. 사나흘 계속 나가 봐도 늘 같은 모습이자 며칠 뒤에 여종이 오씨에게 말을 붙였다.

“이 짚신 내가 전부 사겠어요. 모두 얼마나 하오?”

“일곱 죽이니, 모두 칠십 냥을 내야지요.”

“그러면 나와 같이 가서 돈을 받아 가세요.”

“좋소.”

오씨는 짚신을 짊어지고 여종을 따라 어느 집 앞에 당도했다. 그 집은 굉장히 크고 대문도 높았다. 여종이 자기가 거처하는 방으로 오씨를 끌어들이자, 오씨는 돈을 달라고 독촉했다.

“내일 아침에 드릴 테니, 우선 여기서 하룻밤 묵어가세요.”

그러고는 좋은 술과 안주를 내오는 것이었다. 술상을 물리자 다시 저녁상을 차려 왔는데, 그릇이 정결하고 담은 반찬도 진기해서 시골에서 채소나 먹던 오씨는 난생 처음 구경하는 것들이었다.

오씨가 마파람에 게 눈 감추듯 저녁을 먹어 치우자 여종이 이렇게 말했다.

“이왕 이렇게 오셨고 밤도 깊었으니 여기서 저와 같이 자요.”

"고맙기는 하지만, 내 어찌 함께 자기를 바랄 수 있겠소?"

여종은 오씨를 붙잡더니 곧 불을 껐다.

이튿날 오씨가 날이 밝기 전에 일어나자 여종은 오씨를 목욕시키고 새 옷으로 갈아입혔다. 그러자 오씨의 풍모가 사뭇 당당해졌다.

"저는 이 댁에서 심부름을 하는 여종이에요. 이제 제 낭군이 되셨으니, 대감마님을 찾아뵈어야 합니다. 그러나 결코 뜰아래에서 절을 하지는 마세요."

"그러겠소."

오씨의 다짐을 받은 여종은 대감에게 아뢰었다.

"대감마님! 제가 간밤에 지아비를 얻었으니 인사를 드리겠습니다."

"그래, 얼른 들어와 보거라."

그러자 오씨가 불쑥 대청으로 올라가서 절하는

죽 옷, 그릇 따위의 열 벌을 묶어 세는 단위.

것이었다. 옆에 있던 사람이 끌어내려 했으나 오씨는 꿈쩍도 않고 서서 이렇게 말했다.

"나는 대대로 시골에서 살았던 양반이오. 지금 비록 여종의 남편이 됐으나, 결코 뜰아래에서 절할 수는 없소."

그러자 대감이 웃으며 말했다.

"아무개가 제 신랑감으로 고를 만한 사람이구나."

그 뒤로 오씨는 대감 댁의 행랑채에서 살게 되었는데, 어느 날 여종이 돈을 한 꿰미 내주었다.

"당신은 세상 이치에 밝지 못해요. 돈을 써 보면 안목이 열리고 마음 씀씀이도 제법 트일 테니 이 돈을 갖고 나가서 오늘 안으로 다 쓰고 들어오세요."

저녁이 되어 돌아온 오씨는 이렇게 투덜거렸다.

"제길! 술이든 떡이든 먹고 싶지도 않은데 어떻게 사 먹을 수가 있나! 온종일 돌아다녀도 돈 쓸 일이 하나도 없더구먼. 그래서 돈 한 푼 못 쓰고 그냥 왔소!"

"아니, 길거리에 거지도 많은데 어째서 그 사람들을 도와줄 생각은 못했더란 말입니까?"

"어허 참! 그건 미처 생각지도 못했네."

이튿날 다시 돈 한 꿰미를 차고 나간 오씨가 거지들을 모아 놓고 땅에 돈을 뿌리자 거지들이 우르르 달려들어 돈을 주웠다. 그 모습이 참으로 볼 만했다.

그날부터는 거지들에게 돈을 뿌리는 것이 오씨의 일과였다. 그러다

가 곰곰이 따져 보니 그렇듯 많은 돈을 거지들에게 뿌리는 것이 부질
없게 느껴졌다. 그래서 오씨는 활터로 발길을 돌려 하는 일 없이 놀고
먹는 한량들과 사귀었다. 술과 고기를 사서 매일 나눠 먹으니, 얼마
지나지 않아 서로 허물없이 친한 사이가 되었다.

오씨는 거기서 그치지 않고 가난한 선비들과도 사귀었는데, 양식을
주기도 하고 붓과 먹을 사서 주기도 했다. 그러자 모두 오씨가 남다른
사람이라고 칭찬했다.

한편, 여종은 오씨에게 중국의 《사략》과 《삼략》, 그리고 《손무자》
같은 책을 배우도록 했으며, 오씨는 그 책들의 큰 요지를 대략 짐작하
게 되었다. 여종은 그느라 수만 전의 돈을 써 버려서 하루는 오씨에
게 새로이 당부했다.

"아무래도 이제 당신이 활 쏘는 것을 익혀서 앞길을 열어야겠어요."

본래 오씨는 신체가 건장해, 한량들과 함께 활쏘기를 연마하자 무
거운 활이든 가벼운 활이든 모두 멀리 쏠 수 있었다. 게다가 오씨는
이미 무경칠서까지 깨친 터라 무관을 뽑는 과거에 손쉽게 급제했다.
하지만 그 사실을 아무에게도 알리지 않았다.

어느날 여종이 오씨에게 장사를 해 보라고 권했다.

° **행랑채** 대문간 곁에 있는 집채.
° **《사략(史略)》** 중국의 역사를 간략하게 적은 책.
° **《삼략(三略)》** 장량(張良)이 황석공(黃石公)에게 받았다는 병서.
° **《손무자(孫武子)》** 중국 오나라의 손무(孫武)가 지은 병서.
° **무경칠서(武經七書)** 중국의 병법에 관한 일곱 가지 책.

"그동안 모아 두었던 돈이 십만 전에 불과했는데 당신이 그동안 칠만 전 가까이 축내고, 이제 삼만 전밖에 남지 않았어요. 그 돈으로 장사를 한번 해 보면 어떨까요?"

"장삿속을 알아야 무엇이든 하지! 장사를 하더라도 무엇을 사서 팔아야 하는지 알아야 할 것 아니오?"

"올해 대추가 흉년이라는데, 충청도 어느 고을만 대추가 풍년이라고 합디다. 그곳에 가서 대추를 몽땅 사 오세요."

오씨는 여종의 말을 따라 어느 고을에 이르렀는데, 흉년이 들어 가을걷이할 곡식이 없을 정도였다. 곳곳에 굶주린 사람들이 쓰러져 있는 것을 본 오씨는 사람들에게 손에 잡히는 대로 돈을 집어 주고는 돌아왔다. 그러자 여종이 오씨를 나무랐다.

"남을 돕는 것도 물론 큰일이긴 합니다만, 가진 돈이 다 떨어지면 나중에 어떻게 살아가려고 그러세요!"

그리고는 다시 만 전을 오씨에게 주었다.

"전국 팔도에 면화가 흉년인데, 황해도 몇 고을만 괜찮다고 합니다. 그러니 그곳에 가서 면화를 사 오세요."

그러나 오씨는 충청도에서와 마찬가지로 빈손으로 집에 돌아왔다.

"이제 제 수중에 남은 돈이라곤 만 전뿐입니다. 가진 것을 모두 긁어모아 드리는 것이니 이번엔 제발 헌 옷가지를 사 가지고 북도로 가서 삼베나 인삼, 가죽 같은 것으로 바꿔 오세요. 절대 저번처럼 낭비하지 마세요."

오씨는 시장에 가서 헌 옷가지 수십 바리를 산 뒤 함경도로 길을 떠났다. 함경도는 본래 면화 농사가 잘되지 않아 면화가 금싸라기만큼이나 비쌌다. 그 때문에 사람들이 옷을 제대로 지어 입지 못해 겨울에는 추위에 떨며 지내야 했다.

오씨는 돈을 물 쓰듯이 쓰던 버릇 때문에 손이 커져서 함경도 곳곳의 헐벗은 사람들에게 옷가지를 죄다 나눠 주었다. 그러고 나니 남은 것이라고는 달랑 치마와 바지 한 벌뿐이었다. 오씨 스스로도 자신이 한심해서 탄식했다.

"내 그동안 남의 돈 십만 전만 축냈구나. 빈털터리로 집에 돌아가서 무슨 낯으로 집사람을 다시 대한단 말인가? 이제 살아 무엇하겠는가? 차라리 호랑이 배 속에다 장사를 지내는 편이 낫겠구나."

오씨는 밤중에 홀로 산속으로 들어갔다. 벼랑길을 타고 깊은 산길로 들어서는데, 문득 빽빽한 나무 사이로 반짝반짝하는 등불이 보였다. 오씨는 그 집으로 가서 문을 두드리고 하룻밤 묵어가게 해 달라고 부탁했다. 그랬더니 할멈이 문을 열고 나왔다.

"이 밤중에 이런 깊은 산골에 무슨 일로 오셨나요?"

그러면서 오씨를 맞아들이더니 저녁상을 내오는데 대접이 융숭했다. 오씨가 마지막 남은 옷가지를 꺼내 주자 할멈은 매우 기뻐하며 당장 갈아입고 나와 고마워했다.

저녁을 먹던 오씨는 상에 놓인 나물이 산삼이라는 것을 알아보고

---

* 북도(北道) 경기도 이북의 황해도, 평안도, 함경도를 통틀어 이르는 말.

깜짝 놀라 물었다.

"할멈! 이 나물은 어디서 났소?"

"이 근방에 도라지 밭이 있는데, 거기서 이놈을 캐다 먹지요."

"캐 둔 것이 조금 더 있소?"

그러자 할멈이 수십 뿌리를 내보이는데 모두 산삼이었다. 잔 것은 손가락만 하고 굵은 것은 발목만 했다.

그때 밖에서 짐을 부리는 소리가 들렸다.

"우리 아이가 돌아왔군요. 저 아이가 태어났을 때 겨드랑이에 조그만 날개가 돋아 있어 가끔 날기도 했답니다. 제 아비가 쇠꼬챙이로 날개를 지져 없애기도 했지만 곧 다시 돋더군요. 자랄수록 아이의 기운이 세졌는데, 지금처럼 평화로울 때는 그 힘 때문에 화가 미칠까 염려되어, 이 깊은 산골로 들어와서 사냥을 하며 살아가고 있지요. 아비는 벌써 죽었고, 나 혼자 저 아이를 데리고 살아간다오."

말을 마친 할멈은 바깥을 향해 소리를 쳤다.

"귀한 손님이 오셨으니 들어와 뵈어라. 이 손님께서 고맙게도 옷을 주셔서 따뜻하게 지낼 수 있게 되었으니 참으로 은인이시구나."

그러자 할멈의 아들이 곧 들어와서 절을 했다.

이튿날 아침 오씨가 할멈에게 부탁했다.

"할멈! 도라지 밭을 한번 보고 싶소."

할멈이 오씨를 데리고 산을 하나 넘더니 손가락으로 한곳을 가리켰는데, 골짜기가 온통 산삼으로 덮여 있는 것 아닌가! 오씨는 그날 온종일 산삼을 캤는데, 한데 모으니 대여섯 바리는 족히 되었다.

"이거 큰일인걸. 산속이라 말도 없는데 이걸 모두 다 어떻게 운반한다지……."

오씨가 걱정하자 할멈의 아들이 말했다.

"내가 원산까지 져다 드리리다. 거기서부터 말에 싣고 가시오."

그리하여 오씨는 힘들이지 않고 산삼을 한양으로 가져올 수 있었다. 집에 돌아온 오씨가 그동안 있었던 일을 다 이야기하자, 여종은 매우 기뻐했다.

"당신이 착한 일을 많이 한 덕분에 하늘이 보물을 주셨네요. 마침 내일이 대감님 회갑인지라 조정의 벼슬아치들이 모두 모일 거예요. 그분들께 인사를 드리면 벼슬자리 하나쯤은 어렵지 않게 얻을 수 있을 것입니다."

다음 날 아침 여종은 굵은 산삼 다섯 뿌리를 골라 대감께 바쳤다.

"제 지아비가 장사를 나갔다가 마침 이 물건을 얻어 왔기에 대감마님께 바치옵니다."

대감이 크게 기뻐하며 오씨를 불렀는데, 오씨는 여종이 미리 준비해 둔 무관 복장을 하고 들어갔다.

"자네 그게 무슨 옷차림인가?"

"제가 몇년 전에 무과에 급제했습지요. 그동안 장사를 하면서 살아왔기 때문에 여태껏 대감마님께 알리지 못했사옵니다."

"그래, 괜찮아 보이네그려."

이윽고 벼슬아치들이 다 모이자 대감이 여종에게서 받은 산삼을 자랑했다.

"이런 진귀한 물건을 대감께서 독차지하시다니……. 우리도 좀 나눠 먹읍시다."

"허 참! 얻은 것이 이것뿐인데 어떻게 다 나눠 드릴 수 있겠소."

그 말을 듣고 있던 오씨가 불쑥 끼어들었다.

"제게 산삼이 좀 남아 있으니 그걸 나눠 드려 조그만 성의나마 보일까 합니다."

그러고는 산삼을 세 뿌리씩 바쳤다. 벼슬아치들 역시 크게 기뻐했다.

"대감! 대체 저 사람은 누굽니까?"

"제가 귀여워하는 여종의 지아비라오. 대대로 시골에 살던 양반인데 무과에 급제했답니다."

"아니, 그런 사람이 아직 벼슬 한 자리 얻지 못했다니, 이 어찌 대감의 허물이 아니겠소?"

"글쎄, 나도 저 사람이 무과에 급제한 것을 오늘 처음 알았소이다."

벼슬아치들은 해가 기울어진 뒤에 술에 취해 각각 집으로 돌아갔다.

오씨는 산삼을 팔아 수십만 전의 돈을 벌었다. 그 뒤로 오씨는 벼슬아치들이 끌어 주어 곧 벼슬길에 나아가게 되었는데, 나중에는 수군절도사에 이르렀다. 그러는 동안 오씨는 여종을 속량해서 함께 늙어 갔다.

---

* **수군절도사**(水軍節度使) 조선 시대에 각 도의 수군을 총지휘하던 무관 벼슬.
* **속량**(贖良) 몸값을 치르고 노비의 신분에서 풀려나 양민이 되는 일.

이야기 …
다섯

두 꿰미 돈이 이만여 꿰미로

경주에 사는 김기연은 집이 제법 부유했으나 일찍 아버지를 여의고 홀어머니 밑에서 자랐다. 그는 무예를 닦아 무과에 급제했으나 그 뒤로 괜스레 어리석은 생각이 들었다. 권력을 가진 신하나 임금의 총애를 받는 사람에게 뇌물을 바치면 저절로 벼슬길이 트이리라 생각한 것이다.

그래서 김기연은 홀어머니를 속여 천 꿰미의 돈을 만들어 가지고 한양으로 올라갔다. 객점을 정하고 연줄을 댈 사람을 찾아 벼슬을 구하려 했으나, 적당한 사람이 나타나지 않았다. 그래서 날마다 대갓집 청지기들과 어울려 술을 퍼마시고 도박이나 하며 가진 돈을 다 탕진하고서야 경주로 되돌아갔다.

집으로 돌아온 그는 홀어머니에게 허풍을 쳤다.

“어머니! 한양에 있는 아무 벼슬아치가 저와 절친해졌답니다. 이번에 천 꿰미 돈만 더 들고 가면 지방의 원님 자리는 떼어 놓은 당상이고, 수군절도사 자리도 맡아 놓은 셈입니다.”

어머니는 아들의 말을 곧이듣고 땅이며 값나가는 물건을 모두 팔아 아들에게 주며 다시 한양으로 가도록 했다.

한양에 올라간 김기연은 일 년도 채 못 되어 돈을 다 써 버렸는데, 그러고 나니 고향에 돌아갈 면목이 없었다. 그는 경주 집에 사람을 보내 돈을 달라고 독촉하면서 내일이나 모레면 당장 어디로 부임할 것처럼 거짓말을 했다. 어머니는 아들에게 속는 줄도 모르고 해 달라는 돈을 몇 차례나 더 마련해 주었다.

그러던 어느 날 경주 집에서 기별이 왔다. 땅과 집과 노비를 전부 팔았는데도 빚이 산더미같이 쌓여 홀어머니와 처자가 이웃집 행랑에 세를 들어 산다는 것이었다. 이 말을 들은 김기연은 기가 막혀 골패짝을 내던지고 탄식했다.

“내 이게 무슨 꼴이람? 한양에 와서 논 지가 십 년이나 되었는데도, 벼슬아치들 낯짝이 어떻게 생겨 먹었는지도 모르고 공연히 어머니를 속여 재산만 탕진하고 말았구나.”

그렇게 중얼거리며 짐을 꾸리니 아직 칠팔십 꿰미의 돈이 남아 있었다.

“한양에서는 겨우 며칠을 날 돈에 지나지 않지만, 집에 가지고 내려가면 몇 달간 늙으신 어머님을 잘 공양할 수 있겠지.”

그는 한숨을 쉬며 탄식하고 같이 놀던 노름꾼들과 작별했다. 그러고는 노비에게 경마를 잡히고 길을 재촉했다.

한양의 도성을 나와 한강을 건너 정오 무렵에 거여동의 객점에 말을 맸을 때였다. 마침 흉년이 거듭 들던 시절이었는데, 날씨마저 추웠다. 객점 앞 길가에 부황이 든 여인이 헐벗은 채 아이를 안고 웅크리고 있었다. 그는 막 식사를 하다가 여인을 보고 노비를 불렀다.

"저기 있는 여자를 잠깐 데리고 오너라."

여인은 노비를 따라 기어서 방으로 들어와 쪼그려 앉았다. 그는 여인에게 먹다 남은 밥상을 내주고 돈 두 꿰미도 꺼내 주었다.

"여보게! 옷 입은 거지는 얻어먹어도 옷 벗은 거지는 굶는다 하지 않는가. 이 돈으로 헌 옷이라도 사 입고 구걸을 해도 하시게."

●**골패**(骨牌) 납작하고 네모진 작은 나뭇조각에 흰 뼈를 붙이고, 여러 가지 수효의 구멍을 판 노름 기구.

●**경마** 남이 탄 말의 고삐를 잡고 말을 모는 일.

●**부황**(浮黃) 오래 굶주려서 살가죽이 들떠서 붓고 누렇게 되는 병.

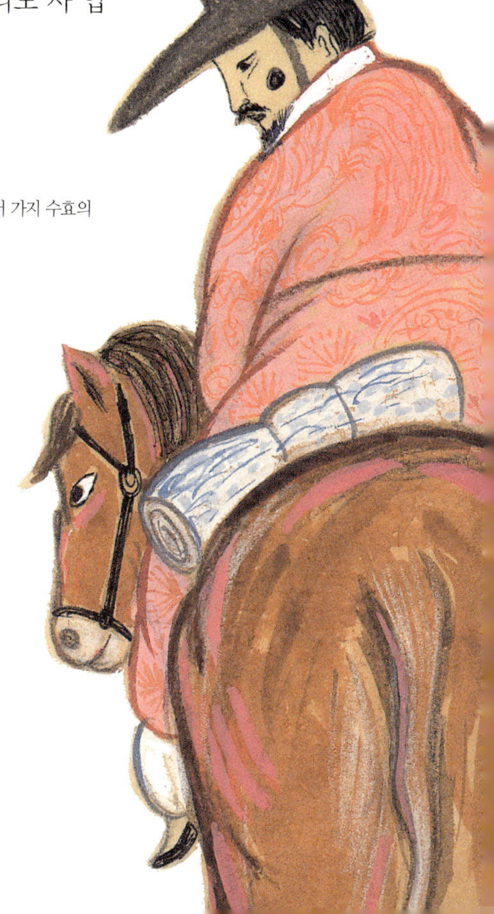

그러고는 객점 주인을 돌아보며 핀잔을 주었다.

"사람이 저렇게 죽어 가는 걸 보고도 어찌 모른 척한단 말이오!"

그가 말에 올라 떠나려 하자 여인은 도움에 감사하면서 눈물을 흘리며 따라 나왔다.

"나리! 어느 곳에 사시는 누구십니까?"

"나는 나리가 아니오. 경주에 사는 김 선달이오."

"언제 다시 뵐 수 있을런지요?"

"내 이제 한양을 영영 떠나가오. 그러니 언제 다시 볼 수 있겠소?"

그는 말을 채찍질하여 뒤도 돌아보지 않고 가 버렸다.

객점 주인은 나그네가 굶주린 사람을 구해 주는 것을 보고, 그 여자를 돌아보며 말했다.

"헌 옷을 한 벌 줄 테니, 우리 집에서 부엌일을 하며 살겠소?"

"그러지요."

며칠 지나서 산동의 담배 장수가 오십 바리나 되는 담배 한 짐을 지고 올라왔다. 객점 주인이 담뱃값을 물었다.

"그 담배 얼마에 팔 거요?"

"두 꿰미만 주시면 담배를 놓고 가지요."

그 말을 들은 부엌데기 여인이 말했다.

"지난번 선다님이 주신 돈으로 딱 되네요. 제게 파세요."

오월 무렵에 담뱃값이 오르자 담배 오십 바리를 가지고 있었던 여인은 거의 이십여 꿰미에 가까운 돈을 받을 수 있었다. 그러자 부엌데기 여인은 객점의 빈방 하나를 세내어 어물이나 과일 같은 것들을 사고팔기 시작했다.

그해 겨울에는 여러 곱 이득을 보게 되었는데, 이문이 남는 족족 가게도 늘렸다. 여인은 가게에서 짚신이나 옷감같이 쉽게 사고팔 수 있는 것도 취급하고, 떡이며 술이며 음식도 팔았다.

십 년간 해마다 풍년이 들고 세상도 태평했다. 임금님이 능묘에 행차를 하자 풍류놀이를 벌이는 사람들이 거리를 메웠고, 세도가에게 바치는 봉물을 진 말이 길을 이었으며, 봄가을로 과거 시험을 보기 위해 선비들이 다투어 한양으로 모이니 이러저러한 인물들로 장관을 이루었다. 그때 한양 근처의 객점들은 모두 날마다 열 곱 백 곱의 이문을 보았다.

그 여인도 돈을 많이 벌어 재산이 수만 냥에 이르렀고, 굶주리던 아이도 어엿한 소년이 되었다. 마침내 여인은 객점 옆에 큰 집을 사서 가게를 냈다. 그리고 얼굴이 보이지 않도록 발을 내려 장사하며 부족한 것 없이 살았다. 그 여인이 재산이 많은 과부라는 말을 들은 인근 고을의 술꾼들이 객점 주인과 모의해 여인과 같이 살아 보겠다는 뜻을 드러내기도 했지만 그때마다 여인은 거절했다.

"내 본래 어느 고을 양민의 딸로 양민에게 출가했다가, 거듭 든 흉

● **선달**(先達) 문과나 무과에 급제하고 아직 벼슬하지 않은 사람을 가리키는 말로, '선달'을 높여 '선다님'이라고 한다.

● **능묘**(陵墓) 임금이나 왕비의 무덤.

● **풍류놀이** 시도 짓고 노래도 하고 술도 마시고 춤도 추고 하며 벌이는 놀이.

● **봉물**(封物) 예전에 시골에서 한양 벼슬아치에게 선사하던 물건.

년에 남편은 굶어 죽고 다행히 아들 하나가 있어 업고 걸식을 했답니다. 추위에 얼고 굶주려 다 죽어 가는 판에 천만뜻밖에 부처님 같은 선다님이 먹을 것을 주시고, 노잣돈까지 떼어 주신 덕분에 살아날 수 있었지요. 그때 받은 돈을 밑천 삼아 재산을 모아서 우리 모자가 오늘까지 살게 된 것입니다.

털끝 하나까지 모두 선다님께서 주신 것이나 마찬가지니, 내 어찌 은인을 두고 딴 사람에게 시집을 가겠습니까? 선다님이 오시면 나는 그분을 따를 것이요, 오시지 않더라도 죽음으로 지킬 따름입니다."

그러면 집적이던 남자들은 모두 혀를 차며 물러갔다. 그러나 그 여인은 속으로 이렇게 생각했다.

'여기서 오래 머물다가는 난잡하고 음란한 행동을 당하기 십상이겠구나.'

그리하여 집을 팔고 여기저기 흩어져 있는 재산을 처리한 다음 숭례문 밖 두 번째 집으로 이사해서 날마다 김 선달이 오기를 학수고대했다.

이럭저럭 삼사 년이 흘렀다. 병진년 봄에 송근수(宋近洙)가 음도로 벼슬하여 경주 부윤이 되자, 신연하인이 올라와서 문안을 드리기 위해 몇 번째 집에 묵고 있었다. 여인은 아들을 신연하인이 묵는 객사로 보내 경주의 이방을 초청했다.

"자네 어머니가 누구신데 나를 부르는가? 내 지금 새로 부임하는 사또를 맞이하는 데 드는 돈 이백 꿰미를 급히 빌려야 하기 때문에 자네 어머니의 청에 응하기 어렵다네."

“우선 가시면 이백 꿰미는 이자 없이 구해 드리지요.”

이 말을 들은 이방은 시중드는 아이 한 명을 데리고 여인의 집으로 갔다. 여인은 이방이 오는 것을 보고 반갑게 맞아들여 술과 안주를 대접했다.

“이방께서는 혹시 경주부에 김 선달이란 분을 알고 계시는지요?”

“성이 김씨로 선달이라 칭하는 사람은 서너 분 되니, 부인께서 어느 김 선달을 말하는지 모르겠소.”

“저 역시 함자를 모릅니다만, 얼굴에 표가 하나 있지요. 왼쪽 볼에 앵두만 한 사마귀가 있답니다.”

그러자 이방이 아이를 돌아보며 말했다.

“네가 혹시 알지 모르겠구나? 객사 동쪽 옆 골방에서 신을 팔아 살아가는 양반이 바로 그분이란다.”

“왜 그 양반이 선달입니까?”

“그렇지! 너는 그 선달의 내력을 모르겠구나. 아마 십 년 전쯤 되었지. 대지팡이를 짚은 사람이 구걸을 와서는 제집이 가난하여 부모님 장사를 치를 길이 없다기에 돈과 곡식을 얼마간 보태 주었지. 그 뒤 삼 년이 지나서 그 사람이 상복을 벗고 다시 찾아왔는데, 나도 그때 비로소 그가 선달임을 알았단다.

* **음도**(陰道) 선비가 과거를 보지 아니하고 조상의 공덕으로 벼슬살이하는 것.
* **부윤**(府尹) 조선 시대의 지방 관아인 부(府)의 우두머리.
* **신연하인**(新延下人) 새로 부임하는 감사나 수령을 그 집에 가서 맞아 오는 일을 맡은 하인.

사람이 맥이 없고 얼이 빠져 걸식으로 겨우 살아가니 볼 때마다 행색과 몰골이 형편없어지더구나. 마침내 부부가 지푸라기로 몸을 가리고 다니는 처지가 되었는데 내 그 모양이 하도 민망해서 편잔을 주었지.

'당신네 부부는 모두 몸이 성하니 하다못해 품팔이나 짚신 삼는 일이라도 하면 될 텐데 그마저도 못해 바가지를 차고 골목골목 구걸을 하며 다닌단 말이오? 한두 번이야 어쩔 수 없는 것이라고 이해할 수 있지만, 내내 구걸을 하고 다니니 퍽이나 밉게 보이오.'

그랬더니 그 선달이 내 말을 듣고 뉘우쳐 나에게 짚신 삼을 짚 한 뭇을 달라고 청하더구나. 나도 그 뜻이 가엾어 그러자고 승낙했더니라. 며칠 지나지 않아서부터 선달은 한 켤레에 대여섯 푼을 받음직한 짚신을 매일 서너 켤레씩 삼았고, 그 부인도 이웃집의 바느질이나 절구질을 해주며 품을 팔아 자녀를 데리고 객사 한구석에서 근근이 살아가고 있단다.

그건 그렇고, 대관절 부인은 무슨 사정이 있어서 그리 자세하게 물으시는지요?"

여인은 그 이야기를 다 듣고 눈물을 글썽였다.

"그럴 일이 있답니다. 다 지나간 일이지요. 어찌 되었든 제가 돈 이백 꿰미를 이방께 드리겠으니, 이 돈으로 새로 부임하는 사또를 맞이하는 데 요령껏 쓰시고 본전만 김 선달께 전해 드리면 좋겠습니다."

그러고는 문갑에서 한 폭짜리 종이를 꺼내 김 선달에게 편지를 썼다. 아무 해 아무 날에 객점에서 추위와 굶주림으로 죽게 되었을 때

음식과 돈으로 구제받은 일, 담배를 사서 전을 벌이고 가게를 내어 횡
재한 일, 십 년간 돈벌이를 하여 재산이 수만금에 이른 일, 술꾼들이
객점 주인과 꾀하여 혼인하기를 요청했으나 은인을 잊고 딴 사람에게
갈 수 없다고 한 일, 숭례문 밖으로 이사 와서 날마다 선다님이 혹시
오실까 기다리던 일을 상세하게 쓰는데, 글자 하나하나마다 정이 듬뿍
담겨 있었다.

여인은 편지 말미에 이렇게 적었다.

사람을 살리실 때는 대체 무슨 어진 마음이 있어 그렇게 하셨고, 사람
을 잊으실 때는 어찌 그리 박정하오신지요? 선다님께서 여러 해 살림
이 결딴나서 집도 없으시다니, 이 웬 말입니까? 여기 돈을 조금 보내오
니, 우선 처자를 굶주림에서 구하시고 속히 올라오셔서 형편에 맞도록
제가 한 말을 처리해 주시기 바라옵니다.

그 뒤로 이방을 비롯해 심부름하는 사람들이 새로 부임하는 경주
부윤을 모시고 돌아가서 여인의 편지와 함께 받은 돈 이백 꿰미를 김
선달에게 전했다.

"여보시오! 한양에 살고 있는 아는 분이 이것을 보냅디다. 우선 받
아 두시오."

마침 날이 어둑어둑하여 편지를 읽을 수 없었던 김 선달은 일단 돈

* **뭇** 짚, 장작 등의 작은 묶음을 세는 단위.

이 든 자루를 방에다 옮겨 놓고 곰곰이 생각하며 중얼거렸다.

'내 돈을 먹은 사람이 한둘이 아닌데, 대체 누가 나의 옛날 일을 기억하고 있을까?'

그러고는 이웃집에서 기름을 빌려 불을 켜고 편지를 읽어 보니, 지난날 거여동 객점에서 두 꿰미 돈을 적선한 사람이 아닌가. 부부는 편지를 채 반도 읽지 않아서 감격하여 서로 마주보고 눈물을 흘리며 탄식했다.

"한양서 쓴 오천 꿰미는 자취 하나 남지 않았는데, 두 꿰미 돈을 쓴 흔적만 이제 나타났구려."

김 선달은 곧 아내에게 말했다.

"그동안의 고생을 생각해서 백 꿰미는 양식과 고기를 사다가 아이들과 포식하는 데 쓰고, 남은 백 꿰미로는 의복과 관, 망건을 마련하고 말을 사서 바로 한양으로 가 볼 참이오."

김 선달이 곧바로 숭례문 밖 두 번째 집을 찾아가니, 여인이 신을 거꾸로 신은 채 나와 반갑게 맞이하는 것이었다. 김 선달은 여인을 얼른 알아보지 못했으나, 그 여인은 김 선달을 한눈에 알아보았다. 두 사람이 만나 처음에는 손을 잡고 통곡을 하며 원망하여 은인을 원수 보듯 하다가, 이어서 한 상 부러지게 내놓고 만남을 기뻐하니, 마치 죽은 사람이 환생한 듯했다.

이내 여인이 말을 꺼냈다.

"선다님이 주신 두 꿰미 돈이 자라 지금 이만여 꿰미가 되었습니다. 만 꿰미는 선다님께 바치겠으니 그것으로 처자식을 살리시고, 나머지

만 꿰미는 저에게 두시지요. 저 역시 전 남편의 혈육이 하나 있으니 이 돈으로 살아갈 생각입니다. 그리고 선다님과 한집에서 함께 살며 여생을 하루같이 즐겁게 지내기를 바랍니다. 선다님의 벼슬자리는 제가 주선해 보지요."

새로 맞이한 여인의 마음이 저토록 아름다우니 김 선달의 부인인들 어떠하리오. 두루 사이좋게 지냈으니, 마침내 현실에서 이루기 힘든 두 가지 소원을 한꺼번에 성취했다고 한다.

이야기 … 여섯

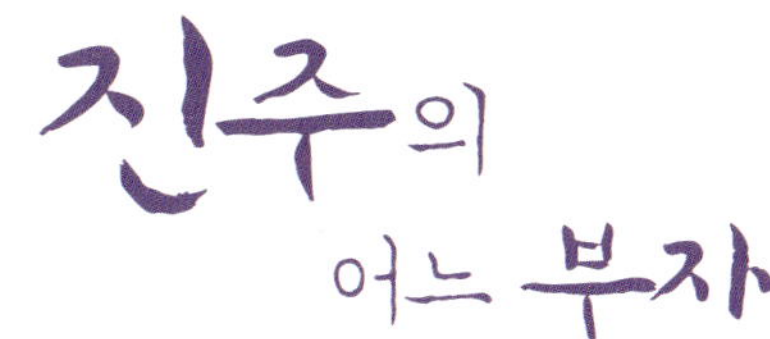

진주 사람 박씨는 나라 안에서도 손꼽히는 갑부였다. 전해지는 그 집의 내력을 들어 보면, 그의 조상은 몹시 가난하여 먹고 살 도리가 없었는데 한양을 떠나 떠돌다가 진주에 닿았다고 한다. 아전들이 그를 관아의 객사에 손님으로 머물게 하고는 아이들을 가르치게 했다.

어느 날 박씨가 저물녘에 들판을 지나 집으로 돌아가는 길이었다. 마침 날씨가 춥고 눈발이 날리는데, 어떤 스님이 길섶에 앉아 잠이 들어 있었다. 그는 그냥 지나쳐 수십 걸음을 가다가 다시 돌아와서 스님을 깨워 거처로 돌아가시라고 일렀다. 그러자 스님이 말했다.

"절은 멀고 마을에서는 묵어가기 어려워 갈 곳이 없습니다."

박씨는 스님을 데리고 집으로 와서 저녁밥을 대접했다. 밤에는 부인을 이웃집 노파 집에 가서 자게 하고 스님과 함께 묵었으며, 다음 날

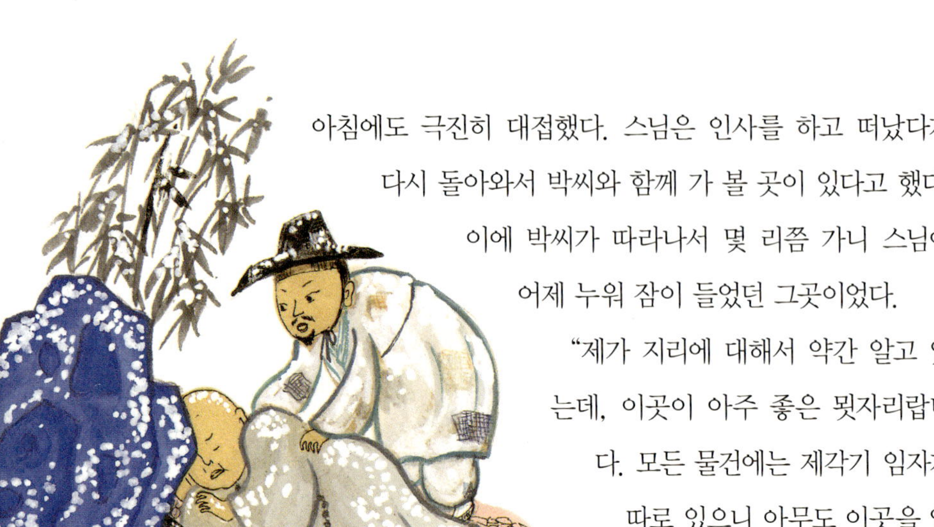

아침에도 극진히 대접했다. 스님은 인사를 하고 떠났다가 다시 돌아와서 박씨와 함께 가 볼 곳이 있다고 했다. 이에 박씨가 따라나서 몇 리쯤 가니 스님이 어제 누워 잠이 들었던 그곳이었다.

"제가 지리에 대해서 약간 알고 있는데, 이곳이 아주 좋은 묏자리랍니다. 모든 물건에는 제각기 임자가 따로 있으니 아무도 이곳을 알아보지 못하지요. 이곳을 지날 적이면 으레 앉아 있는데 어제는 깜박 잠이 들었던 것입니다. 주인께서 저를 대접하는 것을 보면 성품이 어질고 남을 사랑할 줄 알아 의당 큰 복을 누릴 터이니 아마도 이 자리의 주인인가 보오. 돌아가서 아전들과 의논하여 여기에 초가집 몇 칸을 세우고 사시면 몇 년 지나지 않아 큰 부자가 될 것이며, 복되고 영화로운 삶도 길이 누릴 것입니다."

그러고는 좋은 날을 택해 주었다.

"그날 다시 와서 좌향을 잡아 드리리다."

박씨가 아전들과 상의하니 각기 재물과 양식을 내어 도와주는 것이었다. 그 도움으로 정해 준 날에 집을 지으러 갔더니 스님이 와서 기다리고 있었다. 집이 다 지어지자 아전의 자식들이 전처럼 와서 공부를 했다.

어느 날 이방이 와서 말했다.

"올해가 식년이니 호적 단자를 쓰면 이익을 크게 볼 것입니다."

그러고는 크고 작은 섬 가운데 어느 큰 면의 호적을 맡겼다. 박씨가
호적을 살펴보니 자기 조상의 이름이 주인으로 되어 있는 노비들이 많
았다. 마음속으로 의아해 하며 자기 집에서 전해 오는 옛 문서를 살펴
보니 과연 그 섬에 산 조상의 이름이 많이 나왔다. 얼마 뒤 이방에게
상의하니 이방은 호적과 박씨가 갖고 있던 문서를 대조해 보았다.

"이들은 댁의 노비인 게 분명합니다."

이방은 즉시 편지를 보내 그 섬의 장로 십여 명을 불러들였다.

"당신들은 양민이오? 아니면 사천이오? 그게 알고 싶소."

이방이 따져 묻자 그들이 아뢰었다.

"우리 집안에 내려오는 말을 들어 보면, 본래 사천인데 주인이 살아
있는지 죽었는지 모르는 채 산 것이 벌써 여러 해라고 합디다."

"당신들은 주인을 만나고 싶지 않소?"

"어찌 그렇지 않겠습니까? 노비가 주인을 배반하는 것은 신하가 임
금을 배반하는 것과 마찬가지니, 그건 반역 아닙니까."

"당신들 주인이 지금 이 근처에 있으니 가서 뵙지 않겠소?"

• **좌향**(坐向) 묏자리나 집터 따위가 등진 방위에서 정면으로 바라보이는 방향.

• **식년**(式年) 나라에서 과거를 보거나 호적을 작성하는 시기를 정한 해.

• **호적 단자**(戶籍單子) 조선 시대에 호주가 삼 년마다 정해진 양식에 따라 작성하여 관청에 제출하던 서류.

• **장로**(長老) 나이가 많고 덕이 높은 사람.

• **사천**(私賤) 개인에 의해 매매되고 사역(使役)되던 종.

이방은 그들과 함께 박씨 집으로 찾아갔다. 박씨가 바라보니 옷차림이 그럴듯한 자들이 마당에 줄지어 서서 자신에게 절을 하는 것 아닌가. 박씨가 그들을 마루 위로 올라오게 하자 사양했다.

"노비와 주인 사이에는 명분이 지엄한데 어찌 감히 그럴 수 있겠습니까? 이제 그 문서를 보여 주시기 바랍니다."

그들은 문서를 살펴보고 나서 땅에 엎드려 아뢰었다.

"앞으로 명하시는 대로 따르겠습니다."

이방이 그들의 명단을 작성하니 한 면에 사는 사람들이 거의 다 노비들이었다. 박씨는 그들에게 능력에 맞게 돈을 내면 양민 신분이 되게 해 줄 것을 약속했다. 하지만 건장한 남자를 제외한 백여 명은 계속 노비로 남았다.

며칠 지나지 않아 박씨에게 만금이 들어오니, 즉시 그 자리에 큰 집을 세우기로 했다. 마침 그 섬에는 장인바치들이 골고루 있어서 각기 재목과 기와를 운반해 공사가 어렵지 않게 이루어졌다. 그리고 노비 백 명을 이사시키니 마을이 하나 만들어졌다. 노비 백 명은 다른 노비가 양민이 되려고 낸 돈을 맡았는데, 마침 큰 흉년이 들어 기름진 농토를 헐값에 사들일 수 있었다. 한 해가 지나자 노적가리가 마당에 쌓이고 창고가 그득해져 저절로 갑부가 되었다. 그들 자손 가운데에는 군수에 오른 자도 있었다.

한번은 큰 잔치를 벌여 손님들이 술잔을 비우면 마신 잔을 모두 연못에 던지는 놀이를 했다. 그런데 연못이 술잔으로 가득 찼는데도 던지지 않은 술잔이 남았을 정도였다고 한다.

한 냥으로 쌀을 얼마나 살 수 있었을까?

우리나라에서는 언제부터 돈을 썼을까요? 삼국 시대에 '전(錢)'을 사용했다는 기록이 있는데, 일반 백성까지 널리 쓴 돈은 숙종 4년(1678)에 만든 상평통보(常平通寶)였습니다. 이 책에는 엽전(葉錢)을 세던 단위 '냥'이 여러 군데 나옵니다. 그렇다면 한 냥은 지금 돈으로 얼마 정도였을까요?

고려 시대 엽전인 삼한중보, 삼한통보, 동국중보와 조선 시대 엽전인 상평통보, 조선통보.(시계 방향 순으로)

조선 시대 엽전의 가치

엽전은 놋쇠로 만든 돈이었습니다. 고려 시대의 삼한중보(三韓重寶), 삼한통보(三韓通寶), 동국중보(東國重寶)나 조선 시대의 조선통보(朝鮮通寶), 상평통보처럼 대개 둥글고 납작하며 가운데에 네모진 구멍이 있습니다. 상평통보 1개는 1푼(分)이었고, 10푼은 1전(錢), 10전은 1냥(兩), 10냥은 1관(貫)이었습니다. 18세기 말에는 쌀 1섬(약 140킬로그램)의 평균 시세가 5냥쯤 되었다고 합니다. 그러니 1냥으로 쌀을 28킬로그램 정도 살 수 있었다고 합니다. 유희춘(柳希春, 1513~1577)이 쓴 《미암일기(眉巖日記)》를 보면 쌀이 보리보다 6배나 비싸다고 되어 있습니다. 쌀 1말을 사는 돈으로 보리 6말을 살 수 있었다는 뜻이지요. 콩 1섬도 쌀값의 절반쯤 되었다고 합니다.

갈수록 높아진 보릿고개

화폐를 매개로 상품을 사고팔면서 편리함도 있었지만, 부작용도 생겨났습니다. 농업을 중시한 조선에서는 화폐가 쓰이는 것을 우려했지요. 특히 농촌에서는 돈을 빌려 주고 비싼 이자를 받

는 고리대금을 심각하게 생각했습니다. 일반적으로는 봄에 쌀 1말을 꾸면 가을걷이 때 쌀 1.5말을 갚아야 했습니다. 그런데 화폐를 쓰게 되면서부터는 이자가 더 비싸져 가난한 농민들이 몰락할 수밖에 없었답니다. 묵은 곡식이 거의 떨어지고 보리가 여물지 않아 먹을 것이 없는 '보릿고개' 때 돈 1냥을 빌리면 쌀을 2말밖에 사지 못했습니다. 하지만 가을에는 쌀이 흔해서 1냥으로 4말 가까이 살 수 있었지요. 그러니 봄에 돈 1냥을 빌린 농민이 가을에 빌린 돈을 쌀로 갚으려면 이자까지 포함해서 1.5냥에 해당하는 쌀 6말이 필요했답니다. 부자일수록 더욱 부자가 되고 가난할수록 더욱 가난해질 수밖에 없었지요.

동전 구멍에 몸이 낀 역관

이원명(李源命)이 지은 《동야휘집(東野彙輯)》에 전하는 이야기입니다. 역관 현씨가 중국 북경의 어느 여관에 묵을 때였습니다. 밖이 시끌벅적해서 무슨 일인지 나가 보니 구경꾼들이 모여 요술 부리는 자를 둘러싸고 있었습니다. 구경꾼들이 재촉하자 요술을 부린다는 사람이 주머니에서 동전 한 닢을 꺼내 손가락으로 부적을 그렸습니다. 그랬더니 돈이 금방 수레바퀴만큼이나 커졌지요. 구경꾼들이 감탄하자 요술을 부린 사람은 "이 물건은 복 있는 사람에게 복을 주고 복 없는 사람에게 화를 주니 함부로 들여다보지 마시오."라고 했습니다. 밤이 깊어 구경꾼들이 흩어지자 현씨는 망설인 끝에 슬쩍 동전 구멍 속을 엿보았습니다. 그런데 그곳에서 수많은 미인이 음악을 연주하며 춤을 추고 있는 것 아니겠습니까! 현씨는 처음에는 동전 구멍에 머리만 디밀고 보다가 넋이 나가 점점 구멍 안으로 들어갔습니다. 그때 갑자기 호령 소리가 들렸습니다. "웬 쥐새끼 같은 놈이 남의 집을 엿보는가!" 그러고는 모든 것이 사라지고 동전도 원래 크기로 작아졌습니다. 동전 구멍이 좁아지자 현씨는 몸이 끼여 이러지도 저러지도 못했지요. 날이 새자 요술을 부린 사람이 그 모습을 지켜보고는 이렇게 꾸짖었습니다. "청렴(清廉)은 생문(生門)이요, 재욕(財慾)은 사문(死門)이라. 당신은 이미 죽을 문으로 들어갔으니 어떻게 살 문으로 나오기를 바라겠소?"

화와 복은 모두 스스로가 만드는 법
　　　얻으려고 노력하면 얻을 수 있을 것이니
뭐 어려울 게 있겠느냐

4

뜻이 있는 곳에 길이 있다

이야기 … 하나

궁한 사람끼리 만나 부자가 되다

한양에 성이 김(金)가인 가난한 양반이 살았다. 그는 처자식을 이끌고 빌어먹기 위해 떠돌아다니다가, 경기도 남양(南陽) 땅에 정착해 산기슭에 오두막을 짓고 살았다. 김씨의 아들은 이미 나이가 서른이 넘었는데도 장가를 가지 못했고, 날마다 아우와 함께 나가 양식을 빌려 왔다. 그러면 김씨의 아내가 빌려 온 양식으로 밥을 짓곤 했다.

아랫마을에 성이 장(張)가인 풍헌이 살았는데 그 지방의 상민으로 역시 찢어지게 가난했으며 혼기가 찬 딸이 있었다.

어느 날 김씨의 아들이 아버지에게 말했다.

"어머니께서 연세가 많아 손수 아침저녁을 해 주시기도 어렵고, 저는 아직 안사람조차 없으니, 저 같은 노총각이 앞으로 어떻게 살아가겠습니까? 안사람을 빨리 구해야 할 형편입니다."

"글쎄 말이다. 난들 어찌 너의 혼인에 소홀하겠느냐? 하지만 우리 같은 비렁뱅이 집에 딸을 보낼 사람이 있을지 모르겠구나"

"아랫마을에 사는 장 풍헌에게 혼기가 찬 딸이 있다고 들었습니다. 제가 직접 만나 청혼해 보렵니다."

"우리 집안이 비록 궁해서 죽을 형편이라지만, 상민과 혼인하는 것은 차마 할 수 없는 일 아니냐?"

"아버지께서는 참으로 현실에 닿지 않는 말씀을 하십니다. 우리가 이 지경에 이른 마당에 '새벽 호랑이 중이건 개건 가릴 겨를 없다.'라는 처지와 다름없지 않습니까?"

김 총각은 그렇게 말하고는 아버지의 헌 옷을 몸에 걸치고 장 풍헌 집에 가서 말을 꺼냈다.

"드릴 말씀이 있어 왔습니다."

"무슨 말을……?"

"어르신께서도 분명히 우리 집안에 대해 들었을 줄 압니다. 저는 양반 집안의 자손인데도 나이가 차도록 처를 구하지 못했습니다. 따님을 제 처로 주실 마음은 없으신지요? 하늘이 제각기 먹을 것을 점지해 주셨으니 아무리 가난하다 해도 살아갈 방도야 있지 않겠습니까?"

"내 딸이 자네 집에 들어가면 영락없이 굶어 죽고 말 것이 뻔한 이치! 자네는 어찌 그런 말도 안 되는 소리를 하는가?"

풍헌이 손사래를 치자 김 총각은 멋쩍게 물러났다.

풍헌은 혼자 중얼거리며 혀를 끌끌 찼다.

"원 당치도 않는 소리를 지껄이다니……."

마침 그 딸이 부엌에서 쌀을 일다가 나와서 물었다.

"아버지, 무슨 일이 있었기에 그리 불평하세요?"

"네가 참견할 일이 아니구나."

그래도 딸이 계속 그 까닭을 묻자 그제야 풍헌이 답해 주었다.

"글쎄, 윗동네 사는 김 도령이 우리 집에 청혼을 하지 않겠느냐. 당치도 않은 말이라 내 이미 거절했단다."

"우리 집 안방에 맞아들일 사위래야 기껏 하찮은 무관밖에 더 되겠어요? 김 도령은 그래도 명색이 양반이니, 아무렴 저들보다야 낫지요. 가난과 부자, 죽고 사는 것이야 저마다 이미 정해진 복에 달렸는데, 김 도령의 청혼이 왜 당치도 않겠어요? 저는 김 도령이 꼭 아버지께 허락받았으면 합니다."

"네 생각이 정 그러하다면 어쩔 수 없구나. 지금 내 고집을 접고 네 뜻을 따른다 해도 나쁠 것은 없겠다."

"김 도령은 아침도 걸렀을 테니 불러다가 요기라도 시키고, 겸하여 혼사를 허락한다고 해서 보내는 것이 좋을 듯합니다."

---

* **풍헌(風憲)** 조선 시대에 면(面)이나 리(里)의 일을 맡아보던 사람.
* **상민(常民)** 양반이 아닌 보통 백성을 이르던 말.

풍헌이 바로 울타리 밖으로 나가서 김 도령을 소리쳐 불렀다. 김 총각이 다시 돌아와 자리에 앉자 풍헌이 말했다.

"궁한 사람끼리 만났으니 실로 큰 고민이지만, 내 자네 말을 따라 딸과의 혼인을 허락하려고 하네."

"어르신, 참으로 잘 생각하셨소."

김 총각은 즉시 손가락을 꼽아 운수가 좋은 날을 점쳐 보더니 모레가 혼인날로 좋겠다고 했다.

"이보시게, 너무 급하다네."

"어르신 형편으로는 애당초 비단 이불을 갖춰 따님을 시집보낼 수 없지 않습니까? 그런데 굳이 날짜를 늦춰 잡을 이유가 있습니까? 남녀가 함께 잠자리만 할 수 있으면 그것이 곧 혼인인 셈이지요."

"그도 그렇구면."

김 총각이 아침밥을 먹고는 집으로 돌아가자 아버지가 물었다.

"장 풍헌이 뭐라고 대답하더냐?"

"모레로 혼인날을 정했습니다."

"모레면 너무 급하지 않겠느냐?"

"혼인을 미룬다고 어디서 비단에 화려한 옷과 안장을 갖춘 말이 나온답니까? 그날 아버지가 입으시는 이 헌 옷을 예복 삼아 입고 나서면 그만이지요."

드디어 혼례를 치르고 첫날밤을 지내려는데 신부가 말했다.

"어머님께서 연세가 많으셔서 밥을 짓는 일도 힘에 부칠 것입니다. 이제 제가 있으니 하루라도 일찍 어머님께 가서 며느리의 도리를 다

하는 것이 옳을 듯합니다. 내일 아침 일찍 저와 함께 어머님께 가시지요."

날이 새자 신부가 친정아버지께도 말했다.

"시집을 간 몸으로 시어머니의 수고를 더는 일을 늦출 수가 없사옵니다. 지금 신랑과 함께 시댁으로 떠나려 합니다."

이윽고 신부는 큰 빗과 작은 빗 두 개를 품속에 지니고 버들고리를 머리에 이더니 신랑을 뒤따라 걸었다. 얼마 뒤 오두막집에 도착하자 신랑이 먼저 들어가서 부모님께 아뢰었다.

"신부와 함께 돌아왔습니다."

그런 다음 신부를 불러들였다. 신부는 시부모님께 절하고 곧장 집안일을 보았다. 남편 형제가 밖으로 동냥을 나갔다 돌아오면, 신부는 동냥해 오는 것에 따라 죽이든 밥이든 형편대로 지어냈다.

그러던 어느 날 아내가 남편에게 말했다.

"사내대장부로 세상에 나와 밥벌이하는 일에 깜깜하시니 앞으로도 한갓 비렁뱅이로 살아갈 요량이세요?"

"내가 농사일은 배우지 못했고 나무하고 풀 베는 일도 서투르니 밖에 나가 동냥하여 먹고사는 일 말고 무엇을 하겠소?"

그 말을 들은 아내는 곧장 버들고리 속에서 비단같이 올이 가늘고 고운 무명 두 필을 꺼냈다. 올이 원체 가늘어 비단과 구분할 수 없을 정도였는데, 시집오기 전에 자기 손으로 직접 짠 것이었다.

"이걸 가지고 장에 가서 팔면 한 필에 스무 냥쯤 받을 거예요. 열 냥으로 면화와 양식을 사고 나머지 삼십 냥은 가지고 오세요."

남편은 아내의 말대로 고운 무명을 사십 냥에 팔아 장을 보고 삼십 냥은 남겨서 집으로 돌아갔다. 그러자 온 집에 웃음꽃이 만발했다. 아내는 사 가지고 온 쌀로 입에 풀칠을 하며 면화로 베를 짰다. 그리고 삼십 냥을 남편에게 주며 말했다.

"염전에 가서 소금꾼들과 약속을 하되, 이 돈을 염전에 들여놓고 삼 년 동안 소금을 받아 장사하다가 만 삼 년이 지나면 본전 삼십 냥은 찾아가지 않겠노라고 하세요. 그리하면 소금꾼들이 틀림없이 좋다고 응할 것입니다. 그러면 당신은 소금을 지고 이곳저곳 두루 돌아다니며 파세요. 소금 값은 당장 받아 내지 마시고 얼마간 외상으로 주어서 단골을 삼으면 이득을 많이 얻을 수 있을 것입니다."

남편은 처의 말대로 소금꾼에게 가서 약속을 했다. 과연 소금꾼들은 눈앞의 삼십 냥에 욕심을 냈다. 소금꾼들은 조금씩이라도 삼 년 동안 쌓이면 마침내 큰 것이 된다는 이치를 헤아리지 못하고, 삼십 냥의 이자로 소금을 대 주고 기한이 차면 본전도 갚겠다고 했으나 남편은 사양했다.

그 이튿날부터 남편은 매일 등에 소금을 지고 여러 고을을 두루 돌면서 직접 돈을 받기도 하고 외상을 놓기도 하여 가는 곳마다 사람들과 친숙해졌다. 그리하여 다른 소금 장수가 오더라도 사람들이 김 서방의 소금을 기다린다고 말하는 정도가 되었다.

그렇게 만 삼 년이 되자 아내가 남편에게 물었다.

"그동안 장사한 것이 외상까지 합해 모두 얼마가 되나요?"

"아마 삼천 냥은 될 것이오."

아내는 다시 삼십 냥을 내어 남편에게 맡기며 말했다.

"이 돈으로 다시 염전에 가서 전과 같이 약속하세요. 이번엔 형제 두 몫의 소금을 대 달라고 해도 거절하지 않을 것입니다."

남편은 소금꾼들에게 가서 아내가 한 이야기를 꺼냈다.

"당신이 전에도 끝내 본전을 찾아가지 않은 걸 보고 지나치게 청렴하다는 생각이 들었소. 그러니 이번에 두 분 몫을 댄다 한들 무어 그리 어렵겠소?"

남편은 아우와 함께 날마다 소금 짐을 지고 이리저리 바삐 돌아다니며 소금을 팔았다.

다시 일 년이 흘렀을 때 남편이 아내에게 사정하며 말했다.

"내 사 년 동안 소금 짐을 졌더니, 등골이 부러질 지경이오. 참으로 참기 힘들구려. 앞으로는 말에 싣고 다녀 봅시다."

"말 등에 지고 파는 이익이야 사람 등에 지고 파는 이익만 못하지만, 등짐을 지는 것이 정 어렵다면 이제 말에 실어 소금을 팔도록 하세요."

남편은 열 냥가량 주고 암말을 사서 소금을 실었다. 그런 뒤 형은 말 등에 소금을 싣고, 아우는 직접 소금을 지고서 나란히 장사를 나가는 것이었다.

얼마 뒤 말이 새끼를 배었는데, 아내가 장사를 나가는 남편에게 말했다.

"오늘은 소금을 팔고 돌아오는 길에 말은 집으로 들여보내고, 당신은 염전에 가서 직접 소금 짐을 지셔야겠어요."

남편은 그 말을 따라 도중에 말을 집으로 보냈다. 그날 말이 수망아지를 낳았는데 망아지는 빼어난 명마였다.

이렇게 시간이 흘러 소금꾼과 약속한 만 삼 년의 기한이 다 찼다. 그동안 아내가 길쌈으로 마련한 돈도 천 냥이 넘어, 소금으로 남긴 이문을 긁어모아 모두 계산하면 거의 만 냥에 가까웠다. 이제 엄연히 그 고장의 갑부가 된 것이다.

수망아지 역시 오륙 년이 지나자 비호처럼 뛰고, 나는 듯이 달려 값이 비싸졌다. 이웃에 사는 무관 이 선달은 돈이 많았는데, 김씨 집 문 앞에 있는 자기 올벼 논 세 마지기와 수망아지를 바꾸자고 했다.

아내는 그 말을 듣고 이 선달을 불러 직접 흥정했다.

"댁에서 꼭 우리 말을 사려 하시나요?"

"그렇소."

"저기 바라보이는 곳에 있는 묵정밭이 댁의 것이라고 들었는데 저것과 바꿨으면 좋겠습니다."

"그 밭은 내버린 거나 다름없소. 어찌 내버린 물건에 값을 쳐서 남의 좋은 말을 차지하겠소. 그 밭을 이왕 바꾸자고 한 올벼 논에 끼워 드리면 어떻겠소?"

하지만 아내는 굳이 논은 사양하고 밭만 달라고 하여 말과 묵정밭

● **올벼 논** 제철보다 일찍 여무는 벼를 올벼라 하고, 올벼가 나는 논을 올벼 논이라고 한다.
● **묵정밭** 오래 내버려 두어 거칠어진 밭.

을 바꿨다.

그러고는 며칠 안에 재목을 가득 구해 묵정밭에다 굉장히 큰 집을
세웠다. 그 집에 이사한 뒤로 자손들이 대대로 부자로 장수를 누렸다.
그 묵정밭이 바로 좋은 집터였으니, 아내는 그것을 알아볼 안목이 있
었던 것이다.

이야기 …
둘

세 가지 어려운 일을 해낸 조삼난

조삼난은 충청도 명문 집안의 아들로 태어났지만 대대로 가난한 살림에, 어려서 부모님마저 잃어 장가를 들지 못하고 있었다. 조삼난의 형은 글공부에는 능했지만 세상일에는 어둡고 무관심하여 살아갈 방법을 마련하지 못했는데 마치 부잣집에서 고기를 먹듯 겨로 고픈 배를 채우기 일쑤였다.

조삼난이 서른 살이 되자 그의 형이 친구들에게 도움을 청해 채단을 마련하고, 서로 처지가 비슷한 혼처 자리를 구해 동생에게 장가를 들도록 했다. 가난한 사람이 가난한 사람과 서로 만난 것이다.

그런데 신부가 시집와서 보니 쌀 항아리에는 좁쌀 한 톨 없고, 휑한 부엌엔 연기를 낼 만한 것조차 없을 정도였다.

"집안 형편이 이 모양인데 앞으로 어떻게 살아가려고 하나요?"

"내게 한 가지 방도가 있긴 한데, 당신이 따를 수 있겠소?"

"지금 당장 죽을 지경인데, 어찌 마다할 수 있겠어요?"

"굶기를 밥 먹듯 하는 처지에 저 채단을 어디다 쓰겠소? 우리 저것을 팝시다. 팔면 돈 몇십 꿰미는 받을 테니, 그 돈으로 멀리 도망가서 큰길가에 집을 사 가지고 한번 살아 봅시다. 우선 술장사를 하여 그 이문으로 이자를 놓아 돈을 좀 벌면 집을 늘려 안방을 깨끗이 꾸미고, 아예 술집을 차려 봅시다. 그런 다음 술집을 널리 열어 놓고 마구간도 지어 오가는 상인들을 받으면 되지 않겠소. 나는 객주의 심부름꾼이 되고, 당신은 술청의 꽃이 되어 두 주먹 불끈 쥐고 십 년을 기약해서 수만 냥을 모은 다음, 그때 가서 집안을 다시 일으키면 어떻겠소?"

"참으로 어려운 일인 듯합니다."

"부인! 세상에 어렵지 않고 쉬운 일이 어디에 있겠소?"

"그러면 그렇게 하시지요."

드디어 채단을 팔아 남편은 지고 아내는 인 채 아무도 모르는 곳으로 도망을 갔다. 형은 아우가 가난을 견디지 못해 몰래 도망간 것을 가문에 누를 끼친 것으로 생각하고 책 볼 마음도, 다른 사람을 대할 면목도 없이 지내게 되었다.

그로부터 오륙 년 지나는 사이에 생계가 더욱 궁핍해진 형은 굶은 기색이 얼굴에까지 드러나고 온몸에 땟자국이 절절 흘렀다. 허름한 갓에 뒤축이 떨어진 신을 끄는 모양이 갈데없는 걸인 꼴이었다. 하지만 형은 처자식에게 그저 분수를 따라 형편대로 살아가자고 했다.

형은 한편으로 동생의 행방을 찾으려고 사방팔방으로 떠돌아다니

던 참에 만마관에 이르렀다. 하루는 큰 객점을 지나는데, 아리땁게 생긴 여자가 나와 있어 유심히 바라보니 바로 자기 제수가 아닌가. 닮은 사람이 아닐까 의심하여 행동거지를 유심히 살펴보았지만 제수가 틀림없었다. 형은 크게 한숨을 쉬고 탄식을 하며 안으로 들어갔다.

• **겨** 벼, 보리, 조 따위의 곡식을 찧어 벗겨 낸 껍질을 통틀어 이르는 말.
• **채단**(采緞) 혼인 때 신랑 집에서 신부 집으로 미리 보내는 예물.
• **술청** 술집에서 술을 따라 놓는 널빤지로 만든 긴 탁자. 또는 그런 탁자를 두고 술을 마실 수 있게 한 곳.
• **만마관**(萬馬關) 전주와 남원 사이에 있는 지명.

“제수씨, 이게 어찌 된 영문이오?”

“아주버님, 일의 연유를 따지러 예까지 오신 것은 아니지 않습니까?”

“내 먼 길에 시달려 목이 마르오. 우선 목을 축일 물이나 한잔 주시오.”

형은 제수가 내온 물을 한 모금 쭉 들이켜고는 말했다.

“그런데 아우는 어디를 갔소?”

“장사 일로 마침 가까운 장터에 갔네요.”

“이번 걸음은 아우 때문에 한 것이오. 여기서 기다리다가 아우가 오면 만나 보고 하룻밤 묵어가겠소.”

“그럼 저 방으로 들어가세요.”

한참을 기다리자 아우가 짧은 배자를 걸치고 행상들의 짐을 실은 말 수십여 필을 몰고 들어왔다. 아우가 짐을 풀고 말을 매어 꼴을 먹이는데, 먼지를 잔뜩 뒤집어 쓴 모양이 술 취한 사람 같기도 하고 미친 사람 같기도 했다. 형이 방에서 지켜보다가 일이 끝나기를 기다려 아우를 불렀다.

“아우야, 도대체 이게 웬 꼴이냐?”

아우가 눈을 들어 쳐다보니 바로 자기 형이었다. 아우는 뜰에서 잠깐 허리를 굽혀 인사를 했다.

“형님, 여길 무슨 일로 오셨소?”

아우는 그렇게 묻고는 그간의

소식이나 이곳에 온 경위, 오래 떨어져 지내는 동안 쌓였을 형제간의 그리움에 대해서는 한마디도 하지 않았다. 그저 손님을 접대하며 돌아다니기만 하다가 이렇게 말했다.

"형님도 다른 길손들과 똑같이 드시려오?"

"상관없단다. 형편이 되는 대로 먹으면 그만이지."

"다른 사람에게는 한 끼에 십 전인데, 형님껜 오 전에 해 드리지요."

형은 아우의 냉대가 극심한 줄 알면서도 꾹 참고 밤을 넘겼다. 아우는 밤에도 다른 방에서 자며 형을 들여다보지 않았다.

이튿날 길손들은 전부 떠났으나 형은 차마 나서지 못하고 우물쭈물 한참을 망설이고 있었다. 그러자 아우가 이렇게 말했다.

"형님은 왜 가지 않고 머뭇거리시오? 얼른 밥값이나 셈하고 일어서시지요."

"너를 오래 보지 못해 못내 마음이 울적하다가 이렇게 다시 만나니 발걸음이 차마 떨어지지 않는구나. 너는 이 형이 미워 내쫓으려 하는 거냐? 형님에게 밥값을 내라니 해도 너무하는 것 아니냐."

"내 동기간임을 생각해서 이렇게라도 하는 것이오."

"그래, 대체 밥값이 얼마냐?"

"형님 사정이 넉넉지 못한 줄 알고 저녁과 아침을 반상으로 두 차례 드렸으니 십 전이오."

"넌 내 주머니가 넉넉지 못한 줄만 알았지, 아예 텅텅 빈 줄은 몰랐더란 말이냐."

"아니 형님! 그럼 부잣집도 많을 텐데 어디 묵을 곳이 없어 하필 여기에 들었소? 어쨌든 돈이 없거든 수중에 있는 물건이라도 잡히고 떠나시오!"

"아우야! 형에게 이렇게 대접하기란 참으로 어려운 일이 아니냐!"

"세상에 어렵지 않고 쉬운 일이 어디에 있겠소?"

그 말을 들은 형은 할 수 없이 떨어진 부채와 닳은 수건으로 밥값을 치렀다. 그러자 제수가 옆에서 한술 더 떴다.

"시숙님! 어제 드신 술 한잔 값이 있소. 그것도 갚으셔야지요?"

그러자 형은 주머니 속에서 헌 빗을 꺼내 땅에 냅다 던지고 눈물을 씻으며 탄식했다.

'우리 집안에 저렇게 도리에 어긋나고 흉악한 인물이 나올 줄 내 어찌 생각이나 했으리.'

형은 아이들을 훈계하고 부지런히 집안을 다스려 이 부끄러움을 씻자고 다짐했다. 그러고는 사오 년 동안 추우나 더우나 아우를 원망하며 세월을 보냈다.

어느 날 가벼운 갓과 옷을 입은 손님이 날렵하게 생긴 말을 타고 형의 집을 찾아왔다. 문 앞에서 안으로 들어올 때도 어디서 온 귀한 손인지 몰랐으나 방 안으로 들어와 공손히 절을 하고 어물어물하는 양을 보니 아우였다. 형은 화를 내며 말했다.

"너도 사람 노릇 할 날이 있구나?"

이렇게 꾸짖자 아우는 가만히 자초지종을 말했다.

"형님, 죄송합니다. 우선 제 말을 들어 보세요. 제가 가난을 이기지 못해 집을 떠날 때 아내와 약속하여 몇 년 계획을 세웠답니다. 큰 도회지로 가서 길목에 자리를 잡고, 이익을 독점하는 일이며 거간 노릇이며 눈에 보이는 대로 손을 대어 장사하기로 약속했지요.

우리 부부가 물건을 팔아 이문을 남기는 데 골몰한 판에 어찌 동기간의 정을 염두에 두었겠습니까? 전에 형님이 제집에 들르셨을 때 원수처럼 대한 것은 사람의 도리를 잊고 돈벌이에 열중해 인정을 끊었던 것입니다. 달리 무슨 다른 뜻이 있었겠습니까?

이제 저는 수만금의 재산을 모아 어느 고을에 집터를 닦고 이천 석을 소출할 수 있는 땅을 마련했지요. 그 중 천 석은 큰집의 땅으로, 나머지 천 석은 작은집 땅으로 정했습니다. 또한 산기슭을 끼고 동서로 각기 오십 칸의 기와집을 똑같이 지었는데, 큰집에 사당 세 칸을 더 지었답니다. 지금은 노비들이 지키고 있습니다.

여기 땅문서 두 궤짝에 저녁과 아침거리로 쌀과 반찬을 조금 마련해 왔습니다. 우선 문서 궤짝을 보시고 그간 아우 노릇을 못한 걸 용서해 주십시오. 내일 날이 밝거든 이 보잘것없는 집과 쓸모없는 물건들을 전부 버리고 제가 마련해 둔 집으로 가서 지내시면 기쁘겠습니다."

그 말을 들은 형은 꾸짖는 것을 멈추고 예전처럼 형제끼리 우애 있고 화목하게 등불을 켜고 마주 앉아 그간의 정을 나눴다.

"네가 재산을 이렇게 모은 것은 가상한 일이다만, 양반 가문을 생각하면 흠이 아닐 수 없으니 이를 어찌하면 좋단 말이냐?"

형은 한편으로 동생을 위로하고 한편으로는 마음 아파했다.

이튿날 형제는 가마를 세내고 말을 빌려, 낡고 지저분한 것들을 모두 버리고 집안 대대로 전해 내려오는 문서와 장부만 수습하여 이사를 했다. 아우가 앞서고 형이 뒤따라 온 집안이 새집에 들어서자 집을 지키던 노비들이 산해진미를 차려 맞이하는 것이었다.

형이 두 집을 두루 둘러보고 동생을 매우 칭찬했다. 그런 뒤 아우가 정한 대로 거처로 들어가 아무 근심 없이 신선처럼 살았다.

아우는 형과 상의해서 손님을 부르고 잔치를 크게 열었다. 며칠 동안 즐기다가 잔치를 마칠 무렵에 아우가 손님들에게 크게 탄식하며 말했다.

"내 만약 여기서 그친다면 한갓 이익이나 취하는 장사꾼에 지나지 않겠지요. 이제부터는 집안일을 돌보지 않고, 글공부를 해서 과거에 급제해 지난 허물을 씻으려는데 어떻겠소?"

그러자 여러 손님이 답했다.

"이미 부자가 되었는데, 귀한 사람까지 되려고 하니 그건 어려울 듯싶네."

"어렵지 않다면 쉬운 일은 무엇이 있겠소."

아우는 영리한 자를 택해 형님 댁과 자기 집의 일을 도맡아 처리하게 한 뒤, 책을 싸 들고 절로 들어가 밤낮으로 글공부에 몰두했다. 아우는 오 년 사이에 칠서를 모두 외우고 뜻을 파악하더니 과거에 급제하여 가문을 영화롭게 빛냈다. 그리고 바로 벼슬길에 올라 홍문관 교리에 이르렀다.

세상 사람들은 아우를 세 가지 어려움을 겪었다는 뜻으로 조삼난이라 불렀는데, 사대부의 처지로 부인과 함께 술장사를 한 것이 첫째 어려움이요, 오래 헤어졌던 형이 하룻밤 묵어가는데 밥값을 받아 낸 일이 둘째 어려움이요, 부자가 된 뒤 집안 살림을 돌보지 않고 글공부를 하여 이름을 떨친 것이 셋째 어려움이다. 조삼난은 영조 임금 때 사람인데, 자손 대대로 부자로 살고 벼슬이 끊어지지 않았다고 한다.

이야기 : 셋

스스로 아전이 되어 돈을 번 양반

옛날에 한 정승과 한때 같이 글공부를 한 사람이 있었다. 정승의 친구는 문장 표현이 풍부하면서도 글 짓는 솜씨가 뛰어났으나 여러 번 과거에 낙방했다. 게다가 집안이 몰락하여 혼자 힘으로 살 수 없을 정도로 가난해졌다. 마침 정승이 안동의 원님 자리로 벼슬살이를 가게 되자 친구가 와서 보고는 틈을 타서 말했다.

"자네가 이제 안동의 원님이 되었으니, 나도 얼마간 그 덕을 볼 수 있을 뿐만 아니라 평생을 의지하며 편히 살 길이 트였네그려."

"내가 정승이 된다 하더라도 옷과 음식을 조금 마련해 줄 수 있을 뿐이지, 어찌 평생을 편히 보내도록 도울 수 있겠나? 그건 자네의 망상일세."

"자네에게 돈과 재물을 많이 달라는 것이 아니라네. 안동의 도서원

자리는 취할 수 있는 것이 많으니 내게 맡겨 주면 좋겠네."

"안동은 향리의 고을이고 도서원은 아전의 직책 중에서도 좋은 자리인데, 어찌 한양의 유생에게 줄 수 있겠나? 관아의 명령이라 해도 그리되기는 어려울 듯싶네."

"그 자리를 남에게 뺏어서 달라는 것이 아닐세. 내 먼저 그곳에 내려가서 향리의 명부에 이름을 올리면 되지 않겠나. 명부에 이름이 들어간다면 어찌 안 될 리가 있겠는가?"

"자네가 설사 안동으로 내려간다 해도 향리의 명부에 자네 이름을 쉽게 넣을 수 있을지 의문이 드네."

"안동에 부임하고 나면 백성들이 서로 다투어 재판을 열지 않겠는가. 그때 제사를 입에서 나오는 대로 부르되, 형을 담당한 아전이 받아쓰지 못하면 벌을 주어 쫓아내시게. 또 그런 아전을 불러 썼다는 이유를 들어 이방에게 죄를 물으시게. 그렇게 하면 나를 아전으로 써 볼 방도가 저절로 생길 걸세.

만약 내가 쓴 문서가 나오면 반드시 칭찬을 하시게나. 그렇게 며칠을 계속한 다음에 시험으로 형리를 뽑는다는 명령을 내리되, 현직 아전이나 퇴임한 아전을 막론하고 모두 와서 시험을 치르도록 하시게.

그렇게만 된다면 내가 자연 으뜸이 되어서 형리가 될 수 있을 것일세. 그런 뒤에 나를 도서원 자리에 임명하면 좋을 것이네. 내가 도서원이 되면 바깥일을 들은 대로 적어 올릴 테니, 아마 자네도 고을을 잘 다스린다는 이름을 얻을 수 있을 걸세."

"그렇다면 한번 해 보시게."

친구는 원님이 부임하기 전에 안
동에 내려가 인근 고을에서 도망쳐
온 아전이라 속였다. 그러고는
주막에서 먹고 자며 서리들
이 일하는 곳에 가서 글을
대신 써 주거나 문서를 대
신 검사해 주었다.

친구의 사람됨이 꼼꼼하고
분명한 데다 계산하는 솜씨 또한 뛰어나자 아전들이 다 그를 대접하
여 길청을 지키게 했다. 친구는 그곳에서 임시로 지냈고, 아전들은 온
갖 문서를 모두 그와 함께 상의하여 처리했다.

새로운 원님이 부임하자 관아에 백성들의 소송장이 가득 몰려들었
다. 원님은 연달아 제사를 부르되 형리가 미처 받아쓰지 못하면 잡아
다가 심하게 몽둥이질을 했다. 그러다 보니 하루 사이에 벌을 받는 자
가 셀 수도 없이 많아졌다. 상급 감영에 올리는 서류부터 사소한 명령

* **도서원(都書員)** 지방의 조세를 거둬들이는 직책을 맡은 아전의 우두머리.
* **향리(鄕吏)** 조선 시대에 한 고을에 대물림으로 내려오던 구실아치.
* **제사(題辭)** 백성이 제출한 고소장이나 청원서에 쓰던 관청의 판결문.
* **형리(刑吏)** 지방 관아의 형방에 속한 구실아치.
* **서리(胥吏)** 관아에 속하여 말단 행정 실무에 종사하던 구실아치
* **길청** 지방의 관아에서 아전과 서리들이 일을 보던 곳.

에 이르기까지 반드시 꼬투리를 잡아 죄를 묻고, 이방도 날마다 잡아들여 형리를 잘못 추천한 죄를 물었다. 그러나 친구가 작성한 글은 아무 흠이 없었다. 일이 이렇게 되자 길청의 사람들은 친구가 떠날까 봐 두려워했다. 하루는 원님이 이방에게 이렇게 분부했다.

"내가 한양에 있을 때 안동은 본래 문장의 고을이라고 들었다. 그런데 지금 보니 한심할 정도로 글 잘하는 형리가 하나도 없구나. 현직 아전이나 퇴임한 아전 가운데 글 잘하는 자를 모아 시험을 본 뒤 재주 있는 자를 들여보내도록 하라."

이방이 명을 받들어 문제를 내고 시험을 치렀다. 여러 아전의 글을 원님에게 보이니 친구의 글이 으뜸이었다. 이에 원님이 이방에게 물었다.

"이 사람은 무엇을 하는 아전이냐?

"그 사람은 안동의 아전이 아니옵고 인근 고을에서 아전을 한 적이 있는 자이온데, 소인들의 길청에 와서 붙어살고 있습니다."

"지금 이 사람의 글이 가장 뛰어난 데다, 인근 고을에서 아전을 했다고 하니 일을 맡기더라도 별일이 없을 것이다. 아전 명부에 올리고 형리로 뽑아 쓰도록 하여라."

그날부터 친구는 형리가 되어 혼자서 일을 수행했는데, 한 번도 책임이나 죄를 추궁당하지 않았다. 이방을 비롯해 아전들도 비로소 마음을 놓았고, 길청도 무사했다. 원님이 바뀔 때가 되자 특별히 그 친구에게 도서원 일을 겸하게 했는데, 시비를 거는 자가 아무도 없었다.

친구는 기생을 데려다 첩을 삼고 함께 살면서 항간에 떠도는 소식을 모으기도 했다.

친구가 문서를 다루는 틈에 바깥 소문을 적어 방석 밑에 놔두고 나오면, 원님이 몰래 가지고 가서 읽었다. 그 때문에 백성들이 숨기는 것과 아전의 간악한 행동이 모두 귀신같이 밝혀지니, 다들 두려워하며 원님에게 복종했다.

이듬해에 친구에게 도서원을 다시 겸하게 하니, 두 해 동안 얻은 것이 거의 만여 금에 이르렀다. 친구는 아무도 모르게 그 돈을 한양 집으로 보냈다. 그러다가 원님의 임기가 끝나기 전 어느 날 밤, 집을 버리고 도망을 가 버렸다. 모두 두려워 떨며 그 사실을 고하자 원님이 물었다.

"첩과 함께 도망했느냐?"

"집도 버리고, 첩도 버린 채 홀몸으로 도망쳤습니다."

"혹 관아의 재산을 축낸 것이 있더냐?"

"없사옵니다."

"그렇다면 괴이한 일이로다. 뜬구름같이 종적을 감춰 버렸으니 그냥 내버려 두는 것이 좋겠다."

친구는 한양으로 돌아가 집을 사고 땅도 사서 살림이 매우 풍족해졌다. 그 뒤로 과거에 급제하여 여러 고을의 벼슬살이를 했다고 한다.

이야기 … 넷

과거를 포기하고 부자가 된 선비

옛날 한양에 선비 최생이 살았다. 그의 이름은 잊혀졌지만, 여러 대에 걸쳐 높은 벼슬을 한 집안의 아들이었다. 최생은 일찍부터 글재주로 세상에 이름을 떨쳐 여러 차례 과거에 응시했으나 번번이 떨어지고 말았다. 곧 집안은 가난해졌고 부모는 연로했으며, 처와 자식도 처량한 처지가 되었다. 최생의 집안에 드나들던 사람이나 오래된 아전들 가운데 출세한 사람들이 많았으나, 권세가 떨어진 최생의 집안을 어느 누구도 도와주려고 하지 않았다.

일찍이 최생이 《맹자》를 읽다가 '수족을 게을리하여 부모를 돌보고 봉양하지 않는 것은 불효.'라는 구절을 보고는 책을 덮고 한숨을 쉬었다.

"나는 실로 불효자로구나!"

그러고는 벼루를 묶고 필통을 봉해 간직해 두고, 자신이 쓴 글을 모아 불살라 버렸다. 서가에 가득한 책마저 모두 친구에게 맡겼다.

이튿날 최생은 살던 집을 팔아 돈 오백 금을 마련한 뒤, 부모님과 처자식, 머슴 둘, 여종 셋과 함께 충청도 청주에 있는 농장으로 거처를 옮겼다. 그 농장에는 조상의 제사를 위해 마련한 밭 십 결과 일곱 칸짜리 초가집, 힘을 꽤 쓰는 노비 십여 명과 소와 말 각각 세 마리가 있었다.

최생은 노비들을 불러 놓고 이렇게 맹세했다.

"내가 너희들에게 십 년 후를 약속하겠다. 밭은 백 결, 노비는 백 명, 소와 말 각 백 마리, 집은 오십 칸, 하루에 쓰는 비용 만 전, 한 달에 쓰는 비용 베 삼백 자가 되도록 재산을 일으킬 것이다. 내 말을 듣는 이들은 각기 백금의 상을 받을 것이고, 그러지 않는 자들은 죽일 것이다."

* 《**맹자(孟子)**》 유교 경전인 사서(四書)의 하나로, 맹자와 그 제자들의 대화를 기록한 책.
* **결(結)** 논밭의 넓이를 재는 단위.

그러자 노비들이 대답했다.

"누군들 부유하게 살고 싶지 않겠사옵니까? 그러나 저마다 타고난 복이 있사온데 어찌 그렇게 될 수 있겠사옵니까?"

"화와 복은 모두 스스로가 만드는 법! 얻으려고 노력하면 얻을 수 있을 것이니 뭐 어려울 게 있겠느냐? 내 말만 들으면 원하는 대로 될 것이니, 혹시라도 그렇게 되지 않을 거란 근심은 하지 마라."

노비들이 속으로는 그렇게 여기지 않으면서도 말로는 그러겠노라고 대답했다. 최생은 노비들에게 오백 냥을 주고, 오곡을 사서 잘 간수하라고 시켰는데, 마침 충청도에 풍년이 들어 오곡 스무다섯 말을 추수했을 뿐만 아니라 다른 곡식도 많이 얻었다. 이듬해 봄, 최생이 몸소 가래와 삽을 들고 농사를 짓자, 사람들도 논밭에 모여 앉아 함께 일을 했다. 그해에도 큰 풍년이 들어 수확량이 전해에 비해 늘어났는데, 가을에 백 섬을 거둬들인 사람이 둘이나 되었다.

최생은 제전 십 결을 판 돈 삼천 냥으로 모두 오곡을 사들였다. 전에 사 둔 것과 함께 계산해 보니, 곡식이 사천여 섬이나 되었다.

그 이듬해 여름에는 가뭄이 들고 가을에는 장마가 져서 들판에 서 있는 이삭이 하나도 없었다. 큰 기근이 닥친 겨울을 보내고 봄이 되자 파리하게 굶어 죽은 노인들이 골짜기를 가득 메웠다. 장정들도 사방으로 흩어져 열 집 가운데 아홉 집은 텅 비게 되었다. 겉껍질을 벗겨 내지 않은 곡식 한 섬 값이 열 냥이나 했고, 쌀값은 곱절이나 더 나갔다. 늙은 종들은 사다 놓은 곡식을 팔자고 했으나 최생은 허락하지 않았다.

"너희들은 가서 동네 노인들을 불러 오너라. 그리고 그들이 오면 섬돌 아래 서 있게 하라."

노인들이 오자 최생이 말했다.

"저희 이웃 가운데 굶주려 죽게 된 사람이 얼마나 되나요?"

"땅도 있고, 소와 농기구도 갖추고 있으며, 일할 사람들도 많이 있어 힘써 농사지으면 넉넉히 일 년은 버틸 수 있는 사람들조차도 얼굴에 부황이 들고 굶주려 죽을 지경입니다. 그러니 논밭이 없는 사람들이야 말해 무엇하겠습니까? 게다가 올해 여름에는 가뭄이 들고 가을에는 홍수가 났습니다. 곡식이 모두 물에 잠겨 버렸고, 그나마 남아 있는 것도 눈을 맞으며 서 있기는 해도 수확하지 못할 것들이 대부분입니다."

"슬픈 일이로다! 사람들이 모두 다 죽을 지경이라니! 비록 적긴 하지만 내게 곡식이 조금 있다오. 적지 않은 사람들을 구제할 수 있을 것이니 도움 받을 사람이 얼마나 있는지 자세하게 써서 나에게 보여주면 좋을 듯하오. 내 차마 우리 마을 사람들이 다 죽는 것을 볼 수야 없지 않겠소."

노인들이 그 말을 듣고 줄지어 절을 했다.

"참으로 살아 있는 부처이십니다."

* **오곡**(五穀) 다섯 가지 중요한 곡식인 쌀, 보리, 콩, 조, 기장을 이른다.
* **가래** 흙을 파헤치거나 떠서 던지는 기구.
* **제전**(祭田) 조선 전기에 제사에 드는 비용을 충당하기 위해 지급된 토지.

노인들이 돌아가 사방에 있는 이웃들에게 널리 알린 뒤 호구 수를 조사해 주었다. 최생은 날을 잡아 약속을 정하고 그날 기록에 오른 사람들을 한꺼번에 불렀는데, 대략 오백여 가구에 천삼백여 명이나 되었다. 최생은 모인 이들 모두에게 곡식을 나눠 주었다.

"이제 여러분들은 굶주림을 걱정하지 말고 본래 하던 일에 힘을 쓰면 좋겠소."

그렇게 말하고 날마다 사람 수를 계산하여 양식을 골고루 나눠 주니, 굶주려서 병이 들거나 죽는 사람이 없어졌다. 최생은 굶주림을 면하기 위해 소를 팔아 버린 사람에게는 소를 사 주었으며, 농사일을 할 때에는 새참을 날라다 주고, 오곡의 씨앗도 나눠 주었다. 백여 가구가 함께 힘써 부지런히 일을 하며 각자 서로를 격려했다. 그러던 어느 날 최생이 말했다.

"작년에는 흉년이 들어 우리 집 농사를 망쳤으니 올해는 농사를 잘 지어야겠다. 하지만 조상의 제사를 위해 마련한 밭은 이미 팔아 버렸으니 남의 밭을 빌려 수확량의 반만 거두어야겠다."

최생은 노비들을 거느리고 몸소 감독을 하며 농사를 지었다. 그러자 그해에는 과연 풍년이 들어 수확한 것을 절반으로 나눠도 백여 섬이나 되었다. 오백여 가구에서도 각기 많은 곡식을 수확했는데 추수를 마친 뒤에 그들이 서로 말했다.

◦ **호구(戶口)** 호적상 집의 수효와 식구 수.

"우리가 거둔 이 곡식은 다 최생의 덕분일세. 천 명 넘는 사람들 중 열에 아홉은 올봄과 여름에 굶주리며 떠돌 지경이었지. 이를 면하고 살아남아 가족이 한집에서 편안히 지내고 들판에서 노동요를 부르며 농사지을 수 있었던 것은 모두 최생의 덕 아니겠는가? 이렇게 피붙이처럼 살갑게 보살펴 준 은혜를 입고도 보답할 생각을 하지 않는다면 사람이 아닐 터, 만약 그러하다면 개나 돼지도 우리가 남긴 것은 먹지 않을 걸세."

그러자 여러 사람이 이구동성으로 말했다.

"그렇지! 아무렴 그렇지!"

그들 가운데 나이도 지긋하며 글깨나 아는 사람들이 함께 모여 의논했다.

"최생의 곡식은 조상의 제사를 위한 밭과 한양 집을 판 돈으로 마련한 것일세. 올봄의 곡식 값으로 쳐서 사천여 섬이면 사만 냥은 족히 받을 수 있었을 게야. 그런데 그 곡식을 팔지 않고 우리들을 먹여 살렸으니, 얼마나 어질고 의로운 사람인가. 만 냥만 돌려준다면 너무 야박할 터, 육만 냥은 갚아야 하지 않겠나."

"그러면 그리하세."

이에 호구의 많고 적음을 따져 장부에 죽 적고, 이어서 양식과 새참, 곡식 씨앗, 소 값 등을 가을 곡식 값으로 환산하고, 백 전에 스무 말의 곡식을 쳐서 전부 계산하니 육만여 섬이 되었다.

오백여 가구의 백성들은 소와 말에 곡식을 바리바리 싣고 꼬리를 물고 와서 최생 집 대문 밖에 빼곡하게 모여 섰다. 최생이 이를 괴이하게 여겨 까닭을 물으니 사람들이 이렇게 답했다.

"일이 있어 삼가 어르신을 찾아왔습니다. 자초지종은 천천히 말씀드리지요."

그러고는 가져온 곡식을 밖에다 쌓더니 노인들이 뜰에 줄지어 서서 절을 하며 말했다.

"저희들이 싣고 온 곡식은 기러기 털보다 가벼울 정도이지만, 입은 은혜는 태산과도 같습니다. 감히 얼마 되지 않는 곡식으로 큰 은혜를 갚고자 하니 헤아려 주십시오."

"그래, 얼마나 되는가?"

"육만 섬입니다."

"나는 남을 자신처럼 아끼는 사람도 아니요, 청렴한 사람도 아니라네. 내가 나눠 준 곡식을 계산해 보면, 이만 섬을 더 받는 것일세. 이는 자그마한 미끼로 커다란 자라를 낚는 격 아니겠나."

최생이 사양하며 받으려 하지 않자 노인들이 또 말했다.

"이치로 따져 보면 그렇지 않을 것입니다. 올해 사천 섬의 곡식을 판다면 마땅히 사만 냥을 받을 수 있습니다. 사만 냥으로 한양과 지방에 팔 잡과를 사들였다가 가을에 내다 팔면 십이만 냥은 될 것입니다. 십이만 냥으로 벼를 사들이면 마땅히 십이만 섬이 됩니다. 하지만 지금 저희들이 가져온 육만 섬은 그 반밖에 되지 않습니다. 십이만 섬이

---

* **잡과**(雜果) 다식이나 떡을 만들 때 함께 섞는 곶감, 대추, 밤, 잣, 호두 따위의 여러 가지 과일.

아니라 육만 섬을 취하셨으니, 청렴하신 것이 아닙니까?

처음에 죽어 가는 사람들에게 곡식을 나눠 줄 때, 보답을 바라는 말씀은 한마디도 하지 않으셨으니, 이것이 어찌 사랑이 아니란 말입니까? 저희들은 그때 춘궁기의 큰 흉년으로 돈을 빌리고자 하여도 빌릴 길이 없었습니다. 다행히 돈을 빌렸다 해도 틀림없이 이자가 본전의 절반은 되었을 것이고, 돈을 가진 사람은 많아도 곡식을 가진 사람은 적어 돈의 가치가 없었기 때문에 돈으로 곡식을 산다고 해도 얼마 사지 못했을 것입니다. 이런 상황에서 사람이 어찌 살았겠습니까? 이뿐이 아닙니다. 어찌 우리가 때를 맞춰 농사를 지어 집집마다 곡식을 채울 수 있었겠습니까? 어르신께서 이 곡식을 받지 않으신다면 저희들은 노비가 되어서라도 조금이나마 보답할 작정입니다."

"자네들 말이 이러한데 어찌 받지 않을 수 있겠는가?"

사람들이 모두 절을 하며 말했다.

"곡식은 밖에서 실어 온 것입니다만, 감사한 마음은 가슴속에 맺힌 것입니다. 이 은혜를 죽기 전에 어찌 잊을 수 있겠습니까?"

"내가 적은 양을 나눠 주고 많은 양을 받게 되니 실로 무안할 따름이라네. 그러니 뭐 감사할 게 있겠는가?"

최생은 이듬해 봄에 곡식 한 섬당 오백 전을 받고 팔았는데 모두 구만 냥 가까이 되었다. 가을에 그 돈으로 다시 곡식 구만여 섬을 사들였다. 또 그 다음해 봄에 곡식 한 섬당 두 냥을 받고 파니 모두 십팔만 냥 가까이 되었다.

하지만 그 뒤로는 돈이 많아 곡식을 살 수 없거나, 곡식이 많아 돈으로 바꿀 수 없을 정도가 되었다. 최생은 오백여 가구 가운데 계산을 할 수 있을 만한 사람들에게 이를 다시 나눠 주어 행상을 하게 했다. 그러자 십 년 사이에 재물이 넘치게 되었다.

모든 일이 처음에 노비들과 약속한 대로 다 이루어졌다. 그리하여 노비들은 각각 백금을 상으로 받았다. 오백여 가구의 백성들도 최생의 힘을 입어 흉년이면 항상 재물을 얻곤 했으니, 이 얼마나 빛나고 기이한 일인가!

* **춘궁기(春窮期)** 묵은 곡식은 다 떨어지고 햇곡식은 아직 익지 않아, 식량이 부족한 봄철의 때를 말하는 것으로, '보릿고개'라고도 한다.

이야기··· 다섯

뜻이 있으면 끝내 이루어지는 법

고유(高庚)는 고경명(高敬命)의 후손인데, 집안 대대로 전라도 광주 땅에서 살았다. 그는 어려서 부모님을 여의고 고향을 떠나 영남의 고령현에 잠시 살며 머슴살이를 했는데, 부지런하고 성실하여 전혀 게으른 모습을 보이지 않았다. 이웃들은 모두 그를 정답게 여겨 이름 대신 고 도령이라 불렀다.

한편 같은 동네에 박 좌수가 살고 있었는데, 집이 몹시 가난했지만 슬하에 매우 어질고 사리에도 밝으며 사람을 알아보는 안목까지 갖춘 딸 하나가 있었다. 하지만 딸은 집이 가난한 탓에 나이가 들도록 혼인하자는 사람이 없었다. 하루는 고유가 박 좌수와 장기를 두다가 은근하게 말했다.

"좌수 어른! 저와 내기 장기를 한번 두시지요."

좌수가 그러자고 하니 고유가 이렇게 제안했다.

"제가 지면 좌수 어른을 위해 일 년 동안 거저 머슴살이를 하고, 좌수 어른이 지면 저를 사위로 삼으면 어떻겠습니까?"

박 좌수는 발끈해서 얼굴을 붉히더니 장기판을 밀치고 일어났다.

"당치도 않지! 당치도 않아!"

그러자 고유는 부끄러워하며 조용히 물러났다. 그때 마침 박 좌수의 딸이 울타리 사이로 이를 목격하고, 박 좌수가 안으로 들어오기를 기다렸다가 물었다.

"무슨 좋지 않은 일이 있었기에 당치도 않다는 말씀을 그렇게 연이어 하십니까?"

박 좌수는 허허 웃으며 말했다.

"저놈의 고 도령이 저를 사위로 삼아 달라 하니, 그게 당치 않은 소리가 아니고 무엇 이겠느냐?"

그 말을 들은 딸은 이렇게 아뢰었다.

"아버지! 지금 고 도령이 비록 천한 머슴의 일을 하지만 근본이 양반인 데다 됨됨이가 믿을 만하고 진실해서 이웃이 모두 칭찬하지 않습니까? 고 도령을 불러 사위로 삼는다면 우리 집으로서는 다행스러운 일이지 당치 않을 것이 무엇이 있겠습니까?"

박 좌수는 또 골이 몹시 나서 대꾸도 않고 나가 버렸다. 하지만 일을 안 이웃 사람들이 모두 술을 들고 찾아와서 혼인이 성사되도록 힘써 권하자 박 좌수는 마침내 혼사를 허락했다.

혼례를 치른 첫날밤에 신부가 고유에게 말을 건넸다.

"제가 서방님의 얼굴을 뵈오니 가난하고 천한 데 오래 있을 분이 아닙니다. 더구나 서방님은 양반의 후손인데 상투를 높이 틀어 올렸는데도 낫 놓고 기역 자를 모르시니 가문의 명예를 이보다 더 떨어뜨릴 수 있겠습니까. 서방님과 굳게 약속하고 싶은 것이 있습니다. 지금부터 저는 날마다 옷감을 짜서 재산을 모을 것이오니 서방님께서는 힘써 공부하여 과거에 급제할 것을 마음속으로 맹세하되, 십 년 안에는 서로 만나지 말기로 하면 어떻겠습니까?"

"당신 말이 참으로 훌륭하오. 그러나 일을 이루고 이루지 못하고를 어찌 반드시 확신할 수 있겠소."

"뜻이 있으면 끝내 일이 이루어지는 법이니, 참으로 정성스런 마음을 가지면 이루지 못할까 근심할 것이 무엇이 있겠습니까?"

"옳은 말이오. 그러나 가진 것이라고는 한 푼도 없는데, 어디로 가서 누구에게 배움을 청한단 말이오?"

"제가 오래전에 짜 둔 베가 몇 필 있으니, 그것을 팔면 서방님의 공부 밑천으로 삼을 만할 것입니다. 지체하지 말고 닭이 울면 여기를 빨리 떠나시지요."

그렇게 말하고 신부는 베 두 필을 꺼내 주었다. 고유는 신부와 눈물을 뿌리다가 손을 놓고 사립문을 나섰는데, 동녘 하늘이 채 밝아 오지 않은 무렵이었다.

고유는 장터로 가서 베를 팔아 수십 냥을 마련하고는 시골 마을을 두루 돌아다니며 글방 선생을 찾았다. 그러다가 마침내 합천 땅에 이르렀다. 멀리 매우 정갈해 보이는 촌집이 한 채 있었는데, 맑은 시내가 둘러 있고 수양버들이 늘어서 있었다. 초가집에서 글 읽는 소리가 나는 것을 들은 고유는 기쁜 마음에 가까이 다가갔다. 집 안을 들여다보니 한 노인이 남자아이 서너 명과 책상을 마주하고 글공부를 하고 있는 것이었다. 고유는 옷차림을 단정히 한 뒤 들어가 노인에게 절을 올렸다.

"저는 일찍이 부모를 여의어 공부할 기회를 얻지 못했습니다. 선생님을 좇아 공부하길 원하옵니다."

늙은 훈장은 그를 한동안 뚫어지게 바라보더니 이렇게 물었다.

"그렇다면 지금까지 무슨 책을 읽었는가?"

"당초에 읽은 것이 없습니다."

그러자 늙은 훈장은 《천자문》을 내주었다.

"이 책은 처음 글을 배우는 아이들이 먼저 익히는 것이다. 이것부터 읽도록 해라."

고유는 일어나서 감사의 인사를 드리고, 나머지 돈을 바치며 자신의 식비로 써 달라고 아뢰었다. 그러자 늙은 훈장은 이렇게 말했다.

"나는 내 집에 얹혀살려는 사람에게 돈을 바라지 않는다네. 우선 여기 놓아두고 자네 의식의 비용에 충당하면 좋을 듯하네."

그 뒤로 고유는 그 집에 머물며 천자문을 익히기 시작했다. 함께 공부하는 아이들이 비웃었으나 그는 전혀 개의치 않았다. 늙은 훈장도 부지런히 공부하는 고유의 정성을 가상히 여겨 힘껏 가르치니, 한 달 남짓에 《천자문》을 떼고 다른 책으로 바꿀 수 있었다. 잠자고 밥 먹는 것까지 잊고, 밤낮없이 공부해 오륙 년을 지나자 글을 보는 이치가 크게 나아졌다. 늙은 훈장은 비로소 과거 글을 가르쳤는데, 몇 년 지나지 않아 고유가 과거 글의 여러 문체에 두루 정통하여, 노숙한 선비와 학자도 그의 아래에 있을 정도였다.

늙은 훈장이 말했다.

"자네의 글솜씨가 이렇게 훌륭해졌으니, 이제 과거에 응시할 만한 실력이 되었다는 생각이 드네."

그러나 고유는 자만하지 않고 혼자서 가만히 다짐했다.

'내 공부는 아직도 부족하다. 앞으로 몇 년간 더 공부하고, 그때 과거에 응시하면 단번에 급제할 수 있을 것이다. 더구나 십 년이 되려면 아직 몇 해 더 남지 않았던가? 지금도 늦지 않았으니 더욱 열심히 공부를 하자.'

고유는 늙은 훈장께 사례를 하고 해인사에 들어갔다. 그러고는 자기를 가난한 선비로 소개하고, 절집의 방 한 칸을 빌려 몇 년간 책을 읽고 싶다고 했다. 덧붙여 가진 양식이 없으니 염치 불구하고 특별히 자비를 베풀어 날마다 밥 한 수저만 먹여 주기를 바란다고 하자 여러 스님이 허락해 주었다.

고유는 그날부터 공부에만 열중했다. 공부하다가 졸리면 머리를 들보에 매달고 송곳으로 다리를 찌르기까지 했다.

마침내 부인과 약속한 십 년의 기한이 거의 찼다. 때마침 숙종 임금이 알성시를 베풀었는데, 고유는 지금이야말로 자신이 닦은 공부와 노련한 문장으로 장원 급제할 수 있으리라 자신하면서 과거장에 나갔다. 고유는 과연 병과에 합격했다.

왕은 고유를 불러 칭찬하며 물었다.

"그대는 누구의 후손인가?"

"돌아가신 충신 고경명의 후손이옵니다."

"고경명에게 후손이 있었단 말이냐! 그래, 부모님은 살아 계시는가?"

"신은 일찍 부모님을 여의고 고향을 떠나 이리저리 떠돌다가 영남에 자리를 잡았습니다.”

“가정은 이루었는가?”

고유는 첫날밤에 아내와 십 년간의 맹세를 하고 이별한 사연과 자
초지종을 갖추어 고했다.

“집을 떠난 지 이미 십여 년이 되었는데 집 소식은 듣고 있는가?”

“서로 맹세한 뒤로는 소식을 알려고 하지도 않았고 듣지도 못했사옵
니다.”

그러자 임금은 감탄해 마지않으며 특별히 고유를 고령 현감으로 임
명하고 말고삐를 끌 종을 붙여 주면서 금의환향하도록 어명을 내렸다.
고유는 임금님의 은혜에 감격하여 공손히 절을 올렸다. 그러고는 고령
에 부임하던 도중에 따르는 사람들을 객사에 머무르게 하고, 자신은
해진 도포와 헌 갓을 쓰고서 박 좌수의 집을 찾아갔다.

박 좌수의 집은 이미 황폐해져 사는 사람이 없었으며 마을의 집들
도 몇 채 남지 않아 옛날에 알던 사람이라고는 거의 없었다. 이웃 사
람에게 물으니 모두들 이렇게 말했다.

“박 좌수는 진작 죽었지. 딸자식이 하나 있었는데, 고 도령에게 시
집을 갔었지. 그런데 신랑이라는 사람이 신혼 첫날밤에 나간 뒤로 지

• **알성시(謁聖試)** 조선 시대에 임금이 문묘에 참배한 뒤 실시하던 비정규적인 과거 시험.

• **병과(丙科)** 조선 시대에 과거 합격자를 성적에 따라 세 등급으로 나눴는데, 그 가운데 셋째 등급을 말한다.

• **현감(縣監)** 조선 시대 지방의 행정 구역이었던 현(縣)의 수령.

• **금의환향(錦衣還鄉)** 비단옷을 입고 고향에 돌아온다는 뜻으로, 출세하여 고향에 돌아가는 것을 비유적으로
이르는 말.

금까지 십 년이 되도록 죽었는지 살았는지 소식조차 모른다오. 그 부인은 매우 현명해서 재산을 모으는 데 힘을 다해 금방 부자가 되었소. 이 산 뒤에 백여 채가 모여 사는 곳이 모두 그 부인의 힘으로 이룬 마을이라오.

고유의 유복자가 이제 열 살이 되었는데, 글 선생을 두고 책을 읽는다고 합디다. 게다가 떠돌아다니는 거지들에게 잔치를 베풀어 고유가 어디 있는지 알아보고 있다는 말도 들었소. 당신도 만일 그 집에 가게 되면 틀림없이 배불리 먹고 노잣돈도 섭섭지 않게 얻을 것이오."

고유는 그 말을 듣고 아내의 지략에 감탄해 마지않았다. 그는 고령의 관속들에게 미리 고씨 집 근처에 모였다가 피리 소리가 들리면 일제히 고씨 집 앞에 와서 대령하라고 명령했다.

그러고는 발길을 옮겨 고씨 마을을 찾아가니 과연 집들이 즐비하고 곡식 더미가 산처럼 쌓여 있는 백여 칸의 기와집이 나무숲 사이로 어렴풋하게 보였다. 고유는 일부러 거지 행세를 하고 문 앞에 이르렀다. 그 집 마당에는 비렁뱅이들이 그득했다. 고유는 곧바로 대청마루 위로 훌쩍 올라갔다. 마침 그곳에는 늙은 훈장이 관을 쓰고 자리에 앉아 있었고, 곁에는 책을 든 어린아이가 있었다.

"지나가던 걸인이 밥 한 끼 신세 지기를 감히 원합니다."

그러자 어린아이가 고유 앞으로 나와 공손히 절을 했다.

"높으신 성함을 듣고자 합니다."

"내 성은 고가다."

고유가 그렇게 대답하자 어린아이가 바삐 안으로 들어가더니 잠시 뒤에 다시 나와 이렇게 물었다.

"황송하오나 손님 처가의 성씨를 듣고자 합니다."

"우리 장인은 박 좌수라네."

그때 부인이 문틈으로 엿보니 과연 고유였다. 급히 어린아이를 불러 안방으로 맞아들인 뒤 남편과 부인은 서로 부둥켜안고 기쁨에 겨워 통곡을 했다. 한참 만에 고유가 입을 열었다.

"내가 그때 집을 떠나 정처 없이 가다가 길에서 도적을 만나 돈을 다 빼앗겼다오. 서당을 두루 돌아다니며 글을 배우고자 했으나 모두 머리를 흔드니 별 도리 없이 여기저기서 문전걸식했을 뿐이구려! 창피한 일이지만 그래도 약속한 십 년이 되었으니 이 꼴을 하고라도 돌아와야지 어찌하겠소! 부인은 약속을 저버리지 않고 큰 부자가 되었는데, 나는 아직도 이 지경으로 궁핍하니 어찌 차마 얼굴을 들겠소."

그러자 부인이 웃으면서 말했다.

"사람이 높은 벼슬을 하여 세상에 드러나는 것은 모두 분수가 정해져 있어 억지로 할 수 있는 게 아닙니다. 제가 지금까지 모은 곡식만으로도 평생 먹고 따뜻이 지내기에 충분합니다. 그러니 뭘 더 바라겠습니까?"

부인이 술과 밥을 내오게 하자 고유가 말했다.

"나와 함께 온 사람이 있는데 문밖에서 기다리고 있으니 이것을 내

◦ **유복자(遺腹子)** 태어나기 전에 아버지를 여읜 자식.
◦ **관속(官屬)** 지방 관아의 아전과 하인을 통틀어 이르던 말.

보내 주면 좋겠소."

그러자 부인이 사람을 시켜 문밖에 다시 술이며 밥을 한 상 잘 차려 보내 주니 곁채에 있던 노복들은 입을 막고 서로 마주 보며 웃었다.

잘 차린 상이 나오자 피리 소리가 들리더니 미리 대기하던 관속들이 일제히 모여들어 고유와 부인에게 문안 인사를 드렸다. 마을 사람들이 영문을 몰라 얼떨떨해 하고 있는데, 부인이 살며시 웃으며 말했다.

"당신께서 금의환향한 줄 진작 알았습니다. 어째서 일부러 거지 행세를 해서 저를 속이셨는지요?"

고유가 그제야 크게 웃으며 시종에게 관복을 가져오라 하여 바꿔 입고 밖으로 나가 관리들의 인사를 받았다.

이튿날 소를 잡고 술을 걸러 놓고 노인과 아녀자들을 불러 크게 잔치를 벌였는데, 부인이 자리에서 일어나 이렇게 말했다.

"하늘이 사람의 소원을 들어주었군요. 우리 부부가 각기 전날의 약속을 이루고 십 년 뒤에 다시 모이게 되었습니다. 당신은 귀한 신분이 되었고 저도 부유해졌습니다. 만일 쌓아 두고 나눠 주지 않는다면 오랑캐나 하는 행동이 될 것입니다. 그러니 가난한 사람에게 두루 나눠 주는 것만 하겠습니까?"

그러자 고유가 무릎을 치며 칭찬했다.

"부인의 말이 참으로 옳으니 내 어찌 따르지 않겠소."

이에 돈과 곡식을 뜰에 꺼내 놓으니 언덕처럼 높이 쌓였다. 이웃 마을이며 먼 곳 할 것 없이 가난한 집을 헤아려 고루 나눠 주자 모두 춤을 추고 기뻐하며 고유 부부를 칭찬해 마지않았으며 특히 그 일대 사

람들은 박씨의 덕을 칭찬했다. 고유는 부인과 함께 고령에 부임한 지
얼마 되지 않아 정치를 잘한다고 조정에 알려져 경상도 감사로 관직이
올랐다가 뒤에 참판에 이르렀다. 영남 사람들은 지금까지 이를 아름
다운 이야기로 전하고 있다.

* **곁채** 여러 채로 된 살림집에서 주가 되는 몸채 곁에 딸려 있는 집채.
* **참판(參判)** 조선 시대에 육조(六曹)에 둔 종이품 벼슬.

옛날 시장에선 무엇을 팔았을까?

이 책의 주인공들은 다양한 물건을 사고파는 과정에서 이익을 늘리고 부를 이루어 갑니다. 시장에 나가 한 가지 물건을 모두 사들여 가격이 오르면 되파는 매점 매석으로 순식간에 돈을 불리기도 합니다. 어떻게 이런 일이 가능했을까요? 조선 시대 한양은 인구가 많은 대도시였지요. 한양 사람들은 먹을거리나 일상생활에 필요한 물건을 대개 시장에서 샀습니다. 인터넷 쇼핑도, 대형 마트도 없던 조선의 시장과 상인에 대해 살펴봅시다.

한양에서는 우리만 장사할 수 있다고!

한양에서 특정 상품을 팔 수 있는 권리는 '시전(市廛)'이라는 상인 조합에 있었습니다. 시전은 주로 종로에 모여 있었지요. 소소한 물건을 사기 위해 종로까지 갈 수 없는 사람들을 위해 한양 구석구석을 다니며 물건을 파는 상인도 있었습니다. 지방에서 한양으로 물건을 팔러 온 상인도 한양을 돌아다니며 상업 활동을 했지요.

지금의 서울 광장시장 근처에 있었던 이현(梨峴), 서울역 뒤쪽에 자리했던 칠패(七牌) 같은 곳에도 장이 섰는데, 그곳에서 팔리는 물건은 모두 시전에서 사온 것이어야 했습니다. 시

칠패의 모습. 〈숭례문 밖 칠패시〉, 김학수, 인제대학교 김학수기념박물관 소장.

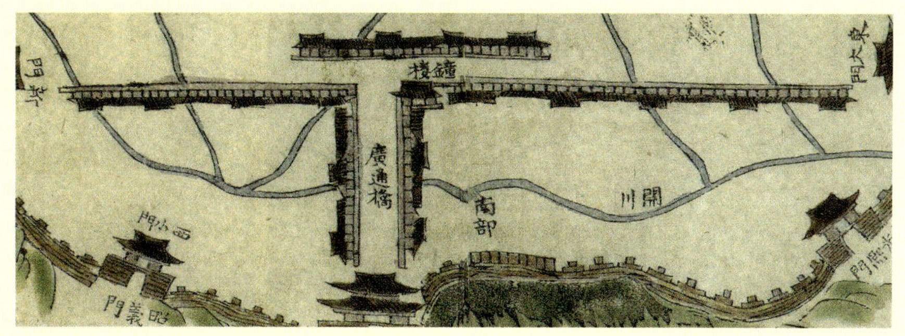

〈한양도〉에 그려진 시전 상가의 모습. 종루에서 광통교를 지나 숭례문까지 이어진다. 서울역사박물관 소장.

전 상인들은 지방에서 온 물건이나 자신들에게서 사지 않은 물건을 파는 사람이 있으면 물건을 빼앗고 관리에게 고발할 수 있는 금난전권(禁難廛權)이라는 권리를 갖고 있었습니다. 이 때문에 가난한 백성들의 생활이 더욱 막막해졌지요. 결국 나라에서는 비단, 무명, 명주, 종이, 모시, 생선 등 여섯 품목을 제외하고는 금난전권을 없애 누구든 물건을 팔 수 있게 했습니다. 이 여섯 가지의 물건을 파는 큰 시전을 육의전(六矣廛)이라고 했답니다.

조선 팔도의 시장, 여기 다 모였네!

한양의 사대문 밖에도 시장이 있었습니다. 한강 주변의 경강이나 충청도, 전라도, 경상도 세 지방에서 한양으로 들어가는 길목인 송파처럼 상업의 요충지에는 시장이 형성되었지요. 송파의 시장은 조선 시대에 손꼽히던 향시 가운데 하나로, 상설 점포를 많이 갖춰 상업 중심지 역할을 했습니다. 여기서는 쌀이나 소금, 일상 용품을 주로 팔았습니다. 지방의 시장은 향시(鄕市)라고 했는데, 개성, 동래, 의주같이 외국과의 교역이 활발한 지역이나 대구나 평양처럼 지방의 상품이 모여드는 곳에 형성되었습니다. 대구는 교통의 요충지인 데다 낙동강 언저리의 비옥한 평야에서 나오는 농산물이 모여 영남 지방 상권의 중심지로 발달했습니다. 특히 전국에 한약 재료를 파는 약령시(藥令市)와 매월 2일과 7일에 열린 서문시장(西門市場)은 전국적으로 유명했습니다.

〈행상〉(위)과 〈장터길〉(아래), 김홍도, 국립중앙박물관 소장.

조선 시대의 상인

조선은 농업을 중시하고 상공업을 천시했지만 필요에 따라 물건을 사고파는 것은 활발히 이루어졌습니다. 그래서 상업은 자연스럽게 발달할 수밖에 없었지요. 당시 농민들은 자급자족할 수 없는 수공업 제품이나 소금, 생선, 건어물 같은 먹을거리를 상인에게서 샀습니다. 조선 시대의 대표적인 상인으로는 객주, 부보상, 거간을 들 수 있습니다.

객주(客主) 객주는 다른 지역에서 온 상인들에게 거처를 제공하며 물건을 맡아 팔거나 흥정을 붙이는 일을 하고 대가를 받던 상인입니다. 이들은 자금을 빌려 주거나 물건을 보관해 주며 운반을 맡아 주기도 했습니다. 객주는 거래하는 상대나 하는 일, 취급하는 물건에 따라 이름이 달랐지요. 중국 상인만 상대하던 만상 객주(灣商客主), 부보상을 상대하던 보상 객주(褓商客主), 걸어서 길을 가는 나그네만을 치르던 보행 객주(步行客主), 채소와 과일을 취급하는 청과 객주(靑果客主), 수산물을 취급하는 수산물 객주, 곡물을 취급하는 곡물 객주 등이 있었답니다.

부보상(負褓商) 흔히 보부상(褓負商)이라고 하는데, 등짐장수
를 뜻하는 '부상(負商)'과 봇짐장수를 뜻하는 '보상(褓商)'을
통틀어 이르는 말입니다. 부상은 그릇 같은 값싼 일용품을
지게에 지고 다니면서 팔았고, 보상은 비교적 값비싼 사치
품을 보자기에 싸서 들고 다니거나 질빵으로 지고 다니면
서 팔았습니다. 부보상은 지방에서 정기적으로 열리던 시장
을 중심으로 돌아다니며 행상을 했기 때문에 '장돌뱅이'라 불
리기도 했답니다. 삼국 시대 이전에 이미 부상이 있었고, 고려
말 공양왕 때에는 부보상이 소금을 운반했다는 기록이 있을
정도로 그 기원이 오래되었지요. 임진왜란 때에는 행주산성
에서 왜적에 맞서 싸운 권율 장군에게 수천 명의 부보상이
먹을 양식을 대 주었고, 병자호란 때에는 남한산성이 청
나라 군대에 포위되자 포위망을 뚫고 곡식을 대 주기도
했습니다. 프랑스 함대가 강화도를 침범한 병인양요 때
강화도에 군량미를 운반해 준 이들도 부보상이었답니다.

거간(居間) 거간꾼이라고도 하는데, 물건을 사고파는 자리에서 흥정을 붙이는 사람을
말합니다. 거간은 객주와 함께 대표적인 중간 상인이었는데 생산자와 상인, 상인과 상
인, 상인과 소비자, 국내 상인과 외국 상인 사이에 거래를 주선하고 그 대가로 구전(口錢)
을 받았답니다. 구전은 판 물건의 수량이나 가격에 따라 정해
졌지요. 거간은 다른 사람의 물건을 맡아 팔았지만, 자기
이름으로 거래를 하지 않는 점에서 객주와 달랐습니다.
또한 자신이 판 물건에 책임을 졌던 객주와 달리 물건
을 파는 사람과 사는 사람을 연결시켜 주기만 할
뿐 다른 책임은 지지 않았다고 합니다.

조선 사회를 변화시킨 힘,
부의 사회사

● 돈의 사회사

'야담(野談)'은 주로 시정(市井)의 공간에서 발생한 민간의 이야기를 한문으로 기록한 것을 말합니다. 야담은 주로 17세기 후반 이후에 많이 나오는데, 일화나 전설, 민담, 소화(笑話), 한문 단편 소설 등을 두루 포괄하는 개념입니다. 유몽인(柳夢寅, 1559~1623)이 쓴 《어우야담(於于野談)》은 야담이라는 제목을 달고 있지만, 본격적인 야담으로는 미흡한 편입니다. 그 뒤에 나온 임방(任埅, 1640~1724)의 《천예록(天倪錄)》은 야담의 성격을 잘 보여 줍니다. 이어서 18세기에 신돈복(辛敦復, 1692~1779)의 《학산한언(鶴山閑言)》, 임매(任邁, 1711~1779)의 《잡기고담(雜記古談)》, 노명흠(盧命欽, 1713~1775)의 《동패낙송(東稗洛誦)》이 나오고, 19세기에 이른바 3대 야담집이라 일컫는 《청구야담(靑邱野談)》, 《계서야담(溪西野譚)》, 《동야휘집(東野彙輯)》이 편찬됩니다. 특히 《청구야담》은 야담 문학의 집성이자 결정판이라 할 만큼 뛰어난 수준을 보여 주는데, 이 책을 통해 야담계 소설의 특성과 다양한 면모를 볼 수 있습니다.

　야담은 무엇보다 돈을 버는 이야기와 돈과 관련된 이야기가 흥미를 끕니다. 이러한 내용은 전근대 사회가 변화를 겪는 가운데 나온 것입니다. 주로 경제 활동을 통해 돈을 벌거나, 돈이 사회를 움직여 가는 이러저러한 모습을 담고 있답니다. 우리는 여기서 기존의 가치관이나 신분 질서를 뛰어넘어 경제 활동을 하거나, 돈을 소중하게 생각하며 부를 쌓기 위해 적극적으로 활동하는 새로운 인간형을 만날 수 있을 것입니다. 이들은 전통적인 인간형과 달리 돈과 부를 천시하는 사회 분위기에 맞서, 오직 자신의 행동과 근면함을 바탕으로 새로운 삶을 개척해 나간 경제적인 인간형이랍니다.

　이 책에는 주로 조선 후기 야담 중에서 돈과 부를 다룬 작품을 가려 뽑아 놓았습니다. 《흥부전》이 돈과 부를 다루고 있기는 합니다만, 우리 문학에서 '돈'과 '부'를 다룬 고전 소설은 드문 편이랍니다. 《흥부전》에서 흥부가 부자가 되는 과정은 현실적이지 않고 상상에서나 가능한 일이지요. 실제로 조선 후기에 양반이 돈을 벌기 위해서는 자신의 신분을 버리거나, 기존의 가치관을 거부해야 가능했습니다. 하지만 이는 쉬운 일이 아니었답니다. 야담이 보여 주는 돈과 부의 모습은 기존의 고전 소설과는 달리 조선 후기의 현실에서 일어났거나 일어날 수 있는 내용이 주를 이루어 더욱 실감이 납니다.

● 돈, 시대의 흐름을 읽는 새로운 기준

예나 지금이나 인간이 살아가는 데 중요한 것 중의 하나가 돈일 것입니다. 인간이 경제적 동물이라는 사실은 고금에 적용해 보더라도 그리 틀리지 않지요. 인간은 돈과 불가분의 관계에 있고, 인간의 활동 역시 이러한 돈이나 부와 밀접합니다. 더구나 돈을 많이 벌어 부자가 되고 싶은 것은 인간이라면 누구나 가진 보편적 욕망이기도 합니다. 비록 내용의 차이는 있지만, 어느 시대건 돈과 부를 소재로 한 작품이 항상 있었다고 해도 지나친 말이 아니겠지요.

그런데 야담에서 돈과 부를 다룬 이야기는 일반적인 설명만으로는 충분히 해명할 수 없습니다. 야담이 포착한 돈과 부의 문제는 당대의 경제 동향과 가치관의 변화는 물론이고, 조선 후기 사회 변동과도 밀접하게 관련된 역사적 진실을 지니고 있기 때문이지요. 16세기를 전후로 두 차례 전란을 겪은 조선은, 재정은 고갈되고 국토는 황폐화된 데다가 연이은 기근으로 극심한 빈곤에 시달렸지요. 당시 경제 문제는 국가적으로나 사회적으로 중요한 일이었습니다. 빈곤의 해결과 이를 위한 노력들도 돈과 부에 대한 새로운 인식을 가능하게 만들고 적극적으로 관심을 가지게 하는 계기가 되었지요. 이처럼 사회가 차츰 돈과 부를 중시하는 방향으로 나가자 사회 질서도 변화했습니다. 관직으로 진출하지 못하고 경제적 기반마저 없던 양반층은 몰락하고 돈과 부를 획득한 계층이 새롭게 부상하는 등 예전과 사뭇 다른 모습을 보여 줍니다.

무엇보다 18세기를 전후로 조선 사회는 농법의 발달과 도시의 발전, 그리고 상공업의 발전 등으로 생산력이 향상되면서 사회 질서가 새롭게 변화되어 갔습니다. 이와 함께 삶의 터전을 잃어버리고 떠돌아다니는 유민(流民)이 생겨나는가 하면, 정반대로 새롭게 부를 축적한 부농(富農)과 부상(富商)이 출현했습니다. 이어서 부의 집중과 재편 과정을 거치며 신분 질서가 바뀌기 시작하지요. 부에 대한 사회적 관심이 확산되면서 야담에서도 이를 소재로 한 내용이 집중적으로 나타납니다. 야담 작가들 역시 당시 사회에 널리 유포된 부의 이야기에 관심을 두고 한문으로 기록함으로써 다수의 작품이 탄생했지요.

특히 18세기를 전후로 대두한 실학과 같은 새로운 사유와 가치관은 야담에 돈과 부를 담은 내용이 많이 등장하는 데 중요한 역할을 했습니다. 조선 후기 사회는 관념적인 주자학의 사유가 지배적이었습니다. 그래서 경제 활동을 하거나 경제적 이익을 추구하는 생각과 행위를 멸시하거나 무시했지요. 하지만 기존의 가치관이나 생각으로는 전란을 극복하고 국가 재정과 경제를 재건하여 당시의 사회 문제를 해결하는 데 한계가 있었습니다. 이에 따라 사변적이며 현실과 동떨어진 학문을 비판하고, 사회의 여러 문제를 개선하는 데 초점을 맞춘 실학이 등장했습니다. 이용후생(利用厚生)으로 부국강병을 꾀하고 명분보다 실질을 중시하는 가치관이 점차 확산되었지요. 자연스럽게 경제의 중요성과 부의 가치도 재인식되기 시작했답니다. 점점 돈과 부가 사회적으로 영향력을 미치게 되었고, 신분에 대한 관념이 약화되면서 신분 질서도 동요하기 시작했습니다.

청빈(淸貧)을 미덕으로 여기고 굶어 죽더라도 상공업에 종사하거나 농사를 짓지 않았던 양반들도 점차 부에 대해 관심을 가지게 되었지요. 이처럼 조선 후기에 예전과 다른 상황들이 널리 퍼지면서 여기에 흥미를 느낀 작가들이 기록한 야담들도 늘어났고, 돈과 부를 주제로 한 작품이 성황을 이루게 되었습니다. 이 작품들은 돈과 부를 축으로 벌어진 당시의 사회상을 사실적으로 담아내고 있을 뿐만 아니라, 구체적인 역사 동향을 생생하게 포착하고 있다는 점에서 조선 후기 문학의 새로운 흐름을 보여 주었습니다.

이 책에 실린 작품들은 한문으로 기록된 어느 작품보다 내용이 풍부하고 재미있습니다. 당대의 사회 변동 속에서 등장한 새로운 인간의 모습을 사실대로 포착하여 담아냈기 때문입니다. 등장하는 인물들은 당대 역사에서 쉽게 만날 수 있는 다양한 인간의 새로운 모습을 보여 줍니다. 이들이 돈과 부를 추구하는 모습은 조선 후기 사회에서 흔히 볼 수 있었던 광경이지요. 야담을 기록한 창작 솜씨 또한 재미를 더해 줍니다. "부처님 살찌고 여위기는 석수장이 손에 달렸다."라는 속담이 있듯이 야담 작가 역시 시대상이 담긴 사실적인 소재와 내용을 서사로 구성함으로써 야담의 수준을 잘 보여 주고 있답니다.

다른 내용의 야담도 그렇지만 이 책에 실린 야담 역시 현실의 시각이 매우 낙관적입니다. 대부분의 작품이 해피엔딩으로 끝나는 데서 알 수 있지요. 주인공은 돈과 부를 추구하기 위해 숱한 어려움을 겪지만 난관을 극복하고 마침내 원하는 바를 얻는 것으로 결말을 맺는답니다. 이처럼 작가는 시종 밝고 낙관적인 태도로 작품을 지배하지요. 이러한 낙관주의는 현실의 삶에 대한 등장인물의 태도, 결코 좌절하지 않는 삶에서 우러납니다.

● 돈과 부를 통해 본 조선 후기 사회

이 책에 실린 22편의 작품이 돈과 부를 통해 어떻게 시대를 보여 주는지 살펴봅시다. 먼저, 작품 세계를 이해하기 위해 몇 가지 주안점을 제시하려 합니다. 작품에 등장하는 인물의 성격과 서사 구성 등을 근거로 주인공이 어떻게 부를 이루며, 이러한 부의 축적이 역사적으로 어떠한 의미를 지니는지 알아보는 것입니다. 또한 22편을 유형별로 나누어 인물의 성격과 서사의 특징, 그리고 역사적 의미를 따져 보려고 합니다.

1부 '돈에 울고 웃는 세상'에 실린 작품은 모두 다섯 편인데, 대부분 정상적인 방법보다는 우연한 기회에 뜻하지 않은 사건을 계기로 부를 이루거나 권모술수로 남을 속여 이득을 취한 내용을 담고 있습니다. 우연한 기회로 부를 이루기 때문에 부자가 되는 주인공의 동기도 분명하지 않습니다. 따라서 주인공들은 적극적인 자세나 특별한 방법을 동원하지 않고 부자가 되는 경우가 대부분이지요. 이들 작품에는 가난뱅이, 왕실의 친족, 농사꾼, 가난한 선비 등이 주인공으로 등장합니다. 주로 이들이 '어떻게 재물을 얻었는가?'라는 이야기라 할 수 있겠지요. 주인공이 비현실적인 사건을 통해 부자가 되기 때문에 대체로 현실성이 떨어집니다.

그중에서 〈가난한 이와 주인 대감을 함께 도운 선비〉는 나머지 네 작품과 다릅니다. 영남의 가난한 선비가 스스로 신분을 속이고 대감 댁의 심부름꾼이 되어, 대감의 권력과 돈에 힘입어 부를 이룬다는 내용입니다. 자신의 비상한 능력과 재능을 발휘하여 대감 집과 자신을 부자로 만든다는 것이 네 작품과 다르지요. 주인공은 경제에 비상한 재능이 있지만 가난 때문에 능력을 발휘하지 못하다가, 마침내 자신의 노력으로 후견인을 만나고 대감이 제공하는 거액의 자금과 권력을 적절하게 활용하지요. 정확히 말하자면 국제적인 중계 무역을 한 것이랍니다. 주인공은 중국 물건을 사서 왜관에 내다 팔아 돈을 법니다. 주인공이 스스로 신분을 속여 대감 댁의 심부름꾼이 되는 것이나 국제 무역을 통해 돈을 버는 과정 등은 현실성을 지니고 있지요. 더욱이 주인공은 획득한 부를 오직 자기만 누리지 않고 자신을 도와준 대감과 나누는 것도 작품의 묘미입니다.

2부 '부자 되기와 부자로 살기'에는 모두 여섯 편이 실려 있는데, 작품의 주인공이 대개 몰락한 양반들입니다. 이들은 가난 때문에 돈벌이에 나서는데, 그 과정이 대부분 실제 현실에서 있을 수 있는 이야기라는 공통점을 지니고 있지요. 무엇보다 이들은 남의 돈을 빌려 상업을 하거나 근면, 성실과 능력을 십분 발휘하여 부를 이룹니다. 물론 주인공의 뛰어난 경제적 안목이 한몫을 단단히 하지요. 특히 지역에서 나오는 물산과 그 유통 과정을 소상히 알고 있답니다.

이들은 물산의 시세 차익을 활용한 돈벌이뿐만 아니라 타 지역에 물건을 파는 상술 또한 뛰어납니다. 이는 박지원의 《허생전》에 나오는 허생의 경우와 비슷하답니다. 독서하던 선비가 나가서 상업을 하여 부자가 된 뒤, 돌아오는 과정이 그러하고, 매점 매석이나 시세 차익을 얻는 방법도 그러합니다. 대부분 매우 현실적인 방법을 사용하지요.

특히 〈서울에서 제일가는 부자〉와 〈집안의 재산은 안사람이 일군 덕〉, 〈참다운 영웅호걸 남경 장사꾼〉 등은 조선 후기 경제 상황을 생생하게 보여 줍니다. 〈서울에서 제일가는 부자〉의 여생은 조선 후기에 등장한 새로운 인간형입니다. 그는 김 동지에게서 돈을 빌리고 물화가 모이는 곳에서 상업 활동을 하여 돈을 번 다음, 다시 그 돈을 농업에 투자합니다. 떠돌아다니는 사람들을 모아 황무지를 개간하는 한편 축산업을 하여 부를 일구지요. 여생이 유랑 농민을 정착시킨 것은 사회적 문제를 해결한 것이기도 하지만, 이들을 생산력 증대에 활용한 것이기도 합니다. 이는 상업적 농업을 추구한 경영 방식으로, 예전에 볼 수 없던 것이랍니다.

〈참다운 영웅호걸 남경 장사꾼〉은 주인공 정씨가 해외에까지 진출하여 국제 무역을 통해 돈을 버는 과정을 자세히 담고 있습니다. 주인공 정씨는 더 많은 이익을 위해 국내 시장에서 벗어나 중국의 남경에 이르지요. 여기서 우리는 진취적인 상인 정신을 엿볼 수 있답니다. 또한 신용을 잘 지키고 은혜를 갚는 등 진정한 상인의 모습도 보여 줍니다. 신의를 잃지 않고 상인으로서의 윤리를 보여 주었기에 마침내 부를 축적하고 성공할 수 있었으며 작가도 이러한 주인공의 모습을 '참다운 영웅호걸'로 기록한 것이지요.

〈집안의 재산은 안 사람이 일군 덕〉의 주인공 허생은 예전의 농업 방식과 달리 넓은 토지를 직접 경영하여 부를 이룹니다. 몰락 양반인 허생은 의관을 벗어던지고 상민의 잠방이를 입은 뒤 상인이 되어 물건을 팔러 다니기도 하고, 농민이 되어 농업 생산력을 향상시키기도 했습니다. 그는 남다른 농법을 체득하여 더 많은 담배를 수확하고, 이어 상업 수완을 발휘하여 부를 축적합니다. 흥미로운 사실은 이 작품이 남다른 부부애와 우애를 다루고 있다는 것입니다. 주인공은 부자가 된 다음 자신이 지닌 부를 고생한 부인과 형제들에게 골고루 나눠 줍니다. 무엇보다 평생을 함께 고생한 부인을 위해 무과 시험에 합격하여 그 영광을 부인에게 돌리려 마음먹지요. 고을의 원님으로 부임하기 전에 부인이 죽자 벼슬길을 접는 장면에서는 부부간의 진한 사랑을 느낄 수 있습니다. 이 역시 예전의 양반들에게 찾아보기 힘든 새로운 모습이지요.

3부 '되로 주고 말로 받다'에는 모두 여섯 편이 실려 있는데, 모두 의로운 일을 행하고, 그 덕으로 부를 이룬다는 이야기입니다. 거액의 약을 외상으로 주었다가 곤란을 겪은 끝에 보상을 받는 이야기와 관청에 빚을 지고 죽으려는 아전을 위해 선뜻 거금을 내어 준 뒤, 뒷날 보답을 받아 부자가 되는 이야기는 흥미롭답니다. 구걸하는 거지에게 날마다 돈을 뿌린 결과, 산삼 밭을 발견하고 벼슬길에 오른 이야기가 있는가 하면, 헐벗은 여인에게 적선하여 뒷날 부를 이루는 이야기도 재미있습니다.

그중에서 〈많이 쌓아 놓고 베풀지 않으면 무슨 소용〉은 다섯 편과는 다른 내용을 담고 있습니다. 부를 이루지만 한편으로 부를 잃는 이야기이기 때문입니다. 주인공 황 부자는 자신이 만석꾼이 된 내력을 회고담 형식을 빌려 젊은 최생에게 들려줍니다. 일종의 액자식 구성인 셈이지요. 황 부자는 근면과 성실, 절약 정신의 결과로 부를 이루지만 옹고집을 부리는 수전노가 아니라, 자신의 재산이 자식 대까지 이어지지 못할 것이라고 예측하며 돈은 돌고 돈다는 동양적인 재물관을 보여 줍니다. 황 부자의 말대로 재산은 흩어지고 살던 곳은 폐허로 변하지요. 이는 사실적이면서도 독자들에게 적지 않은 울림을 줍니다.

4부 '뜻이 있는 곳에 길이 있다'에는 모두 다섯 편이 실려 있습니다. 작품에 등장하는 주인공은 모두 몰락한 양반들입니다. 상업에 종사하고, 아전이 되기도 하며, 농사를 짓고, 남의 집 머슴살이를 하지만 결국 원하는 바를 이룹니다. 이들은 부를 얻기 위해 양반이라는 신분을 과감하게 벗어던지고 원하는 바를 이루며, 마침내 벼슬길에 올라 가문을 회복합니다. 주인공의 생각과 행동은 기존의 가치관이나 신분 질서에 얽매이지 않고 매우 현실적이지요. 양반 신분으로는 할 수 없는 상업이나 상민들이 하는 일도 마다하지 않습니다. 그 결과 오직 자신의 노력과 힘으로 부를 이루지요. 특히 이들 작품에서 부인들의 역할에 주목하게 됩니다. 부인들은 용의주도한 행동과 남다른 경제관을 바탕으로 남편과 합심하여 부를 이루지요. 이렇듯 경제적인 여성들도 조선 후기 역사적 공간에 새롭게 등장합니다.

특히 〈세 가지 어려운 일을 해낸 조삼난〉은 몰락한 양반 집 아들이 가난을 극복하고 마침내 부를 이루며 원하던 과거에도 급제한다는 이야기입니다. 주인공 조삼난은 신혼 무렵에 처와 합심하여 돈을 벌기로 작정하고 전주에 내려가 술장사를 시작하고, 찾아온 형제에게조차 밥값을 받을 정도로 자신이 계획한 부를 위해 비정한 행동도 서슴지 않습니다. 하지만 그의 이러한 행동은 양반 신분과 가문을 회복하기 위한 고육지책으로 드러나고 마침내 조삼난은 형제간의 우애와 가문의 명성을 회복하며 해피엔딩으로 끝을 맺습니다.

이 책은 주인공이 부를 축적하는 과정과 그 내력을 흥미진진하게 담고 있습니다. 이러한 이야기는 당대의 상황과 가치관, 새로운 경제 동향과 부에 대한 인식 등을 반영한답니다. 곧 조선 후기의 역사적 동향과 시대의 역동성이 집약적으로 투영되어 있다고 하겠습니다. 그런 점에서 우리는 이 책의 이야기를 통해 단순한 재물 이야기를 넘어 당대 역사의 이면과 시대상을 읽어 낼 수 있지 않을까요?

몰락한 가난뱅이 양반이 된다면?

● 이 책에 등장하는 주인공 중 가장 적극적이며 대담하게 돈을 번 인물을 골라 보고, 그렇게 생각한 이유를 말해 봅시다.

● 흔히 소설에서 이야기 속에 또 다른 이야기가 있는 구성 방식을 '액자식' 구성이라고 합니다. 이 책에서도 주인공이 회고하는 방식을 빌려 서사의 시간을 구성해 놓은 액자식 구성이 많습니다. 이 작품 외에도 한문 소설이나 고전 소설 혹은 현대 소설이나 영화 등에서 액자식 구성을 이용한 작품을 알아보고, 그 제목과 줄거리를 간단하게 적어 봅시다. 또한 이러한 액자식 구성이 독자에게 주는 효과를 말해 봅시다.

● 조선의 양반들은 대부분 유학을 중시하여 흔히 돈과 부를 얻기 위해 노력하는 것을 천시했습니다. 하지만 이 책에서 돈과 부는 양반의 가문을 회복하거나, 가난한 사람을 구제하고, 떠도는 사람들에게 경제적 안정과 도움을 주는 등 긍정적 역할을 합니다. 조선 사회는 왜 '돈'과 '부'를 부정적으로만 보았을지 자신의 견해를 말해 봅시다.

● '돈'을 주제로 한 영화, 연극, 드라마 등을 본 적이 있다면, 그 작품을 예로 들어 '돈'과 '부'가 자신의 인생과 어떠한 관계가 되어야 하는지, 각자의 생각을 말해 봅시다.

● 이 책의 주인공 중에는 양반이지만 몰락하여 일반 백성보다 가난하고 구차하게 사는 이들이 있습니다. 그들은 양반 신분을 과감하게 버리고 다양한 경제 활동을 하며 부를 이루지요. 만약 여러분이 조선 후기의 역사 공간으로 들어가서 작품의 주인공이 된다면, 어떠한 선택을 할 것이며, 그렇게 선택한 이유가 무엇인지 간단하게 말해 봅시다.

● 이 책에 실린 작품 중에서 《허생전》과 내용이 비슷한 작품이 있는지 알아보고, 등
  장인물과 내용 등에서 어떤 것이 같고 다른지 말해 봅시다.

● 할아버지와 할머니, 아저씨 등 나이가 많은 어르신을 통해 돈과 관련된 옛날이야
  기를 수집해 기록해 봅시다.

이야기 출처

1 돈에 울고 웃는 세상

〈부자를 속이고 은혜를 갚은 가난뱅이〉

장한종(張漢宗), 〈늑생소렴(勒生小斂)〉, 《어수신화(禦睡新話)》, 연대 미상.

〈천금을 사기당한 임금의 친족〉

심재(沈鋅), 《송천필담(松泉筆譚)》, 18세기 후반.

〈욕심을 버려 부자가 된 사람〉

이현기(李玄綺), 〈이매화복(魑魅禍福)〉, 《기리총화(綺里叢話)》, 19세기 중반.

〈담뱃잎을 잃고도 돈을 번 농부〉

작자 미상, 〈긍초상고의양재(矜草商高義讓財)〉, 《청구야담(靑邱野談)》, 연대 미상.

〈가난한 이와 주인 대감을 함께 도운 선비〉

안석경(安錫儆), 《삽교별집(霅橋別集)》, 1770년대.

2 부자 되기와 부자로 살기

〈한양에서 제일가는 부자〉

이원명(李源命), 〈영만금부부치부(贏萬金夫婦致富)〉, 《동야휘집(東野彙輯)》, 1869.

〈청백리와 부자를 함께 이룬 제주 목사〉

작자 미상, 〈득거산제주백양병(得巨産濟州伯佯病)〉, 《청구야담》, 연대 미상.

〈참다운 영웅호걸 남경 장사꾼〉

작자 미상, 〈왕남경정상행화(往南京鄭商行貨)〉, 《청구야담》, 연대 미상.

〈집안의 재산은 안사람이 일군 덕〉

이희평(李羲平), 《계서야담(溪西野談)》, 19세기 초.

〈스스로 비장이 된 양반〉

작자 미상, 《기문(奇聞)》, 연대 미상.

〈굳이 부자가 되어 무엇하리오〉

작자 미상, 〈득현부빈사성가업(得賢婦貧士成家業)〉, 《해동야서(海東野書)》, 1864.

3 되로 주고 말로 받고

〈외상 약을 지어 주고 보상받은 허생〉

이현기, 〈채상보은(蔡相報恩)〉, 《기리총화》, 19세기 중반.

〈강에서 만난 의로운 사람〉

심재, 〈강상의인(江上義人)〉, 《송천필담》, 18세기 후반.

〈많이 쌓아 놓고 베풀지 않으면 무슨 소용〉

노명흠(盧命欽), 《동패낙송(東稗洛誦)》, 1770년대.

〈착한 일로 얻은 하늘의 보물〉

작자 미상, 〈획중보혜부택부(獲重寶慧婦擇夫)〉, 《청구야담》, 연대 미상.

〈두 꿰미 돈이 이만여 꿰미로〉

배전(裵㙉), 〈수은식화(受恩殖貨)〉, 《차산필담(此山筆談)》, 19세기 말.

〈진주의 어느 부자〉

이동윤(李東允), 〈진주갑부(晋州甲富)〉, 《박소촌화(樸所村話)》, 연대 미상.

4 뜻이 있는 곳에 길이 있다

〈궁한 사람끼리 만나 부자가 되다〉

노명흠, 《동패낙송》, 18세기 중반.

〈세 가지 어려운 일을 해낸 조삼난〉

배전, 〈삼난금옥(三難金玉)〉, 《차산필담》, 19세기 말.

〈스스로 아전이 되어 돈을 번 양반〉

작자 미상, 〈입리적궁유성가업(入吏籍窮儒成家業)〉, 《청구야담》, 연대 미상.

〈과거를 포기하고 부자가 된 선비〉

작자 미상, 《기문총화(記聞叢話)》, 19세기 초.

〈뜻이 있으면 끝내 이루어지는 법〉

서유영(徐有英), 《금계필담(錦溪筆談)》, 1873.

참고 문헌

강신항 외 지음, 《이재난고로 보는 조선 지식인의 생활사》, 한국학중앙연구원, 2007.

이옥 지음, 안대회 옮김, 《연경, 담배의 모든 것》, 휴머니스트, 2008.

이우성 지음, 《이조한문 단편집 상·중·하》, 일조각, 1990.

임형택 지음, 《한문서사의 영토 1·2》, 태학사, 2012.

정민 지음, 《새로 쓰는 조선의 차 문화》, 김영사, 2011/2007.

정연식 지음, 《일상으로 본 조선시대 이야기 1·2》, 청년사, 2001.

한국고문서학회 엮음, 《의식주, 살아있는 조선의 풍경》, 역사비평사, 2006.

한국역사연구회 지음, 《조선시대 사람들은 어떻게 살았을까 1·2》, 청년사, 2005.

국어시간에 고전읽기 104

재물 이야기, 쌓아 놓고 베풀지 않으면 무슨 소용인가

기획 | 전국국어교사모임
글 | 진재교
그림 | 정은희

1판 1쇄 발행일 2013년 3월 25일
1판 3쇄 발행일 2016년 6월 13일

발행인 | 김학원
경영인 | 이상용
편집주간 | 위원석 황서현
편집장 | 강창훈
기획 | 문성환 박상경 임은선 최윤영 조은화 전두현 최인영 이혜인 이보람
디자인 | 김태형 유주현 최우영 구현석 박인규
마케팅 | 이한주 김창규 이정인 함근아
저자·독자 서비스 | 조다영 윤경희 이현주(humanist@humanistbooks.com)
스캔·출력 | 이희수 com.
용지 | 화인페이퍼
인쇄 | 청아문화사
제본 | 정민문화사

발행처 | (주)휴머니스트 출판그룹
출판등록 | 제313-2007-000007호(2007년 1월 5일)
주소 | (03991) 서울시 마포구 동교로23길 76(연남동)
전화 | 02-335-4422 팩스 | 02-334-3427
홈페이지 | www.humanistbooks.com

ⓒ 진재교·정은희, 2013

ISBN 978-89-5862-572-8 44810

만든 사람들

편집주간 | 황서현
기획 | 문성환(msh2001@humanistbooks.com)
편집 | 이영란
표지 디자인 | 김태형 유주현
본문 디자인 | AGI SOCIETY

• 이 도서의 국립중앙도서관 출판시도서목록(CIP)은 e-CIP홈페이지(http://www.nl.go.kr/ecip)와 국가자료공동목록시스템
(http://www.nl.go.kr/kolisnet)에서 이용하실 수 있습니다.(CIP제어번호: CIP2013001219)
• 이 책은 저작권법에 따라 보호받는 저작물이므로 무단전재와 무단복제를 금합니다. 이 책의 전부 또는 일부를 이용하려면 반드
시 저자와 (주)휴머니스트 출판그룹의 동의를 받아야 합니다.